U0898437

灵武司兵器簿

远古遗迹·回声

4

红渊 著

译林出版社

图书在版编目（CIP）数据

灵武司兵器簿．4，远古遗迹·回声 /红渊著．—南京：译林出版社，2013.6
ISBN 978-7-5447-3514-8

Ⅰ．①灵… Ⅱ．①红… Ⅲ．①长篇小说－中国－当代
Ⅳ．①I247.5

中国版本图书馆CIP数据核字（2012）第296094号

书　　名　灵武司兵器簿4　远古遗迹·回声
作　　者　红　渊
责任编辑　韩继坤
特约编辑　宗珊珊
出版发行　凤凰出版传媒股份有限公司
　　　　　　译林出版社
出版社地址　南京市湖南路1号A楼，邮编：210009
电子邮箱　yilin@yilin.com
出版社网址　http://www.yilin.com
印　　刷　三河市祥达印装厂
开　　本　640×960毫米　1/16
印　　张　12.75
字　　数　100千字
版　　次　2013年6月第1版　2022年3月第2次印刷
书　　号　ISBN 978-7-5447-3514-8
定　　价　22.80元

译林版图书若有印装错误可向承印厂调换

主要人物简介

向北宸：故事的主角，青春美少女，与霞血相遇而被他送去了异世界“塞那加德”，乐观踏实的奋斗者。对亲友伙伴温柔诚恳，有点胆小，容易被亲友欺负；对敌人却显得骁勇而冷漠。似乎由于过去的阴影的关系，精神抗压性很好，意志力很强，面对逆境也会很快振作起来。

向　影：北宸来到异世界遇到的第一个生物，是战器一族的长剑类，人形状态为金发灰眼的男子。老实木讷，有点愚忠，视向北宸为自己的一切。是被丢进战器冢而被北宸发现的残次品，因自己的实力不足一直十分自卑，对自己的能力成长问题很苦恼。

霞　血：受伤为北宸所救，却反将她送往危险异世界的神秘男子。有着极为强大的战斗力，在异世界是被人敬畏的帝王级战器。

亚　晔：战器一族的特殊旁支“堕暗种”的一员，本体是一柄黑色吸血巨镰，白发红眼，外貌极似吸血鬼。性情狂傲、粗暴，初看有些可怕，但骨子里却是细心温柔、相当照顾战器同类的流氓型好大哥，被北宸一行戏称“奶爸”。因为活了一百多岁，心智十分成熟。

鲁　伊：有着深厚政治背景的青年，为北宸所救而与她相识。总是灿烂地笑着，实则心机深沉，圈套、鬼点子层出不穷。

亚加德：某种意义上来说完美的骑士。毫无二心地为北宸服务，分别事物的方式为“北宸”和“北宸以外的东西”，完全没有善恶观和道德观。友军眼中的天使，敌军眼中的恶魔。曾经的身份是赫阳国臭名昭著的大贪官，但其所作所为的背后都有着令人意外的深意和目的，真正的身份是……

笑　罂：有着倾城美貌的战器，本体是长鞭，经常会被人类误认为女性。聪明敏锐、眼光独到，虽然看起来像是蛇蝎美人，实际上是认准了谁就不会有异心的类型，因此十分渴望得到真正的信任。脾气不怎么好的同时异常纯情，被误判性别或是被取笑时会说粗话骂人。

格 伦 佘：偏远避世部落“图零族”的下一任族长，因为北宸假扮图零族人而与其相识。武技极强，但野性好斗、独断独行、以自我为中心的性格让人对他评论不佳，被人称为“送葬狂犬”。乍看冷漠骄横，其实只是个表达能力不佳、思想简单的甜食派，深入接触的话，就会发现他其实是典型的“铁血柔情”之人。

阿特拉斯：祸乱世界的怪物“附身月使”中的一员，但和同类不同的是他有清晰的自我意识和智慧。虽然外表接近人类，但身上有翅膀、尾巴、尖角、甲壳等。在与北宸的战斗中将她判断成了自己的引导者，因此加入了北宸的队伍，战斗力十分出色。性格单纯耿直，喜欢面无表情地摇着尾巴撒娇，同时因为思考方式和人类不同的缘故，经常语出惊人。

黑祸&素劫：带着不良趣味、打扮风格迥异的双子战器，本体是一对钩爪。张扬放肆、唯恐天下不乱，有点油嘴滑舌，最大的爱好是欺负北宸。虽说看起来有些轻浮，但认真起来亦十分可靠，血统很好，很长时间内都占据着北宸的主力武器的位置。

目　录

第一章　意外的预选赛

离拉提亚武斗大会开幕，还有一个月。

通往拉提亚王国首都的官道上，一辆巨大的跳驹车正在高速而平稳地跑着。跳驹是一种外表看起来和费因海姆（地球）远古时期的霸王龙有点像的双腿直立的动物——当然，比它们要小不少，大概有两米高，腿力和体力都很强，奔跑速度比马还快上几分。

由于跳驹数量稀少、脾气还很差、驯服起来颇费力气，能用这种动物作为坐骑的话可是相当出风头的，更别说弄上几只用它们来拉车了——那简直和在脸上写着“快来打劫我，快来打劫我”一样的纨绔招摇。

但是由于坐在车中的是赤月骑士——前赫阳国星灵矿总督达里姆，所以这种招摇便显得稍稍合理了起来。

北宸在车中拼命探出脑袋看向车头奔跑的跳驹们，她似乎对那些小个子霸王龙们很感兴趣。

“不愧是帝国第一大贪官啊，竟然明目张胆地用这么招摇的动物拉车，是想让我们当活靶吗？”

面对素劫的提问，达里姆——不，还是叫亚加德吧——面无表情地摇摇头，北宸闻言也好奇地转过头听他们的谈话。

“自然不是。现在是武斗大会开幕前期，这次的优胜奖对人类来说太过诱人，这一路上，说不定已经有一些心怀不轨的人想要伏击参赛的灵武司来减少竞争对手了。用跳驹来拉车，至少告诉他们我们的地位和权势足够，可以避免一部分骚扰。”

“还算有点道理，”亚晔在一边满不在乎地跷起了二郎腿说，“就算真的被打劫也不错，正好可以解解闷，活动一下。”

“况且招摇也挺好啊，这样才配我们赤月巫女的身份，对吧，小泥鳅？”

“不要故意损我啦，黑祸……”

“不说这个，今天身体状况还好吧，主人？”

向影有点担心地递过去一小块切好的天风果。

“嗯，一切正常，别太担心啦！”

向影说的是北宸体内的毒。

那次星灾之夜莫名其妙的虚脱状况之后，亚加德一边给她做抽血检查，一边跑去一间图书室噼里啪啦地乱翻资料，一会儿又在房间原地踱步，似乎在努力地回想些什么。

直到周围几个战器差不多都要难耐不安、暴走起来的时候，亚加德总算是开口了。

她中的毒，名字叫“迦那之泪”。

这种毒很罕有，原因很简单，因为相当贵，一滴就要上百万多瑞，效果又不上不下，所以一般很少会有暗杀者选用这种毒来对付别人。

但反过来说，如果目的不是杀人，而是恨一个人入骨想要折磨对方的时候，这种毒倒是很有效。

它不会致命，而是潜伏在人体内，隔三差五毫无规律地发作一下，发作的时候就会像那天一样全身脱力动弹不得，而且会随着时间的推移，发作得越来越频繁，持续时间也会越来越长，到最后就成了全身瘫痪的废人。

这还不是“迦那之泪”最可怕之处，它真正让人毛骨悚然的地方是它的解药。

它的解药——是一种能让人吃一点就上瘾的致幻系毒品，所以就算解了毒，这个中毒者的人生也算差不多毁在那种解药上了。

毒的消息一公布，黑祸和素劫立即暴怒地跳起来骂娘，向影安抚着被吓坏的北宸，但他自己脸色也很不好，一个劲询问亚加德还有没有其他解毒的方法。

幸好，亚加德给出了“有”的答案。

“那种解药一定不是真正的解药，而是恰好能压制这种毒素的另一种毒素罢了。真正的解药，我需要去总部的数据库查一下古代文献，可以找到配方，因为我记得很多年前我看到过一次。”

他这么一说，众人一下子松了一口气。

“所以，与其担心中毒的事，不如尽快找出来是谁下的毒吧！”

亚晔的双眼危险地眯了起来，不着痕迹地扫了凌霜一眼。

凌霜正担心地看着北宸的脸，看到他脸上的神情十分真切，不像是假的，亚晔疑惑地皱了下眉。

——不是他吗?

听黑祸和素劫说，那小子似乎挖空心思想要和北宸签契约，还以为他会动点手脚，看样子是自己多心了啊。

也对，那小子既然这么喜欢她，应该不至于下这么狠毒的毒才对。

结果，一行人怀疑来怀疑去，似乎也没想出到底谁会下毒。北宸完全没去想周围人下毒的可能性，最后认为自己的毒是在维尔维斯镇的时候被镇长买通旅馆的人下的。

但几个战器虽然没开口，心里却不认同她的推测。

“那么，依现在的状况，我过多久会再次发作啊？”

“请不用担心，我这里有一些泛用抗毒药，虽然不能根除您体内的毒，但压制一个月应该没问题。您的毒我一定会想办法彻底解除，请交给我吧。”

骑士说着递过去一个精致的小瓶子，北宸也没多问，直接喝了下去，然后有点害怕地拍拍自己的胸，吁了一口气。

看见她如此信任自己，骑士脸上露出了笑容，然后他在内心打定了主意：就算把整个国家都翻过来，也要找到能安全解毒的药剂！

北宸暂时放下疑虑——别看亚加德虽然有很过分的历史，但行动力方面北宸还是相当相信他的——但向影就不一样了。

时间过去了半个月，他们进入了拉提亚王国的领土，向影每天必问的就是北宸的身体状况，直到听到令人松口气的回答，他那一整天才会安心。

黑祸和素劫虽然嘲笑他鸡婆，但每次向影提问的时候，两人的耳朵也会立即竖起来专心等待北宸的回答，连亚晔和凌霜也会有意无意地看过来。

对此北宸有点哭笑不得。这些天来她的身体状况一直很正常，怎么这些家伙一个一个比自己还紧张啊？

“对了，那些被改造的战器怎么样了？”

跳驹车上，北宸一边接过向影递过来的天风果，一边转头询问亚加德，后者立即点点头。

“树海基地已经决定弃置了。他们随后会被安排去拉提亚的本部。您可以随时去看望他们。我同拉提亚王国的高官也有勾结，本部是很安全的，请不用担心。”

“……”

北宸抽了抽嘴角。

“好吧，你勾结归勾结，别再做出对赫阳国有害的事就行。第三皇子鲁伊可是我很重要的朋友。”

“第三皇子鲁伊……他是个值得结交的人,智慧和实力都不容小觑，和他对战是十分头疼的事……那么，北宸小姐，对拉提亚有害的事能做吗？”

“当然也不行！做事之前，考虑一下这个世界的基础善恶观啦！哪怕你认为那东西对你没用，但对我可是有用的哦！”

“好的，北宸小姐。”

北宸觉得自己快脱力了，问：“那迦法神团最近怎么样？”

“因为月毒症解法的事被公开，神团本身倒是一下子就被瓦解了。”

亚加德边说，边摸了摸自己的下巴。

“但由于我不理解的原因，还有一些非常顽固的残党，打着神团的旗帜在暗中活动。他们或许会混入普通灵武司中去参加比赛，然后借着霞血的力量重振神团也说不定。”

“你不理解是正常的。”

亚晔在一边插嘴说：

“被成功洗脑的异端教派分子很疯狂，根本无从沟通。想要让他们清醒，应该是不可能的事了吧。”

“麻烦死了，那这样我们不是还得先找出来哪个参赛者是迦法神团的啊？”

黑祸很不耐烦地咂了下嘴，一边的素劫刚要开口接话，凌霜突然探头看向车窗外面，然后转头招呼众人。

“喂，前面好像出了什么事。”

前方传来隐约的吵嚷声，远处很多各种各样的马车和人聚成了一堆，再过去，似乎是个挺大的关卡要塞。

亚加德闻言叫停了跳驹车，然后对众人一点头，跳下车去查看情况，过了几分钟，他打开了车门，把北宸众人都叫下去——不过下车之前，为保万一，她还是戴上了假发和头盔，遮住自己的本来面貌。

“北宸小姐，武斗大会的预选似乎已经开始了。”

“什么？！”北宸怪叫了起来，“不是还有一个月吗？！”

亚加德指指前方的关卡。

“因为参赛者太多，所以提前开始了预选，不参赛的人可以走一边的侧门过去，参赛者必须通过关卡正门的考验，才能拿到象征参赛资格的刻印灵晶。”

“也就是说，要是通不过考验的话，连首都城郊区都别想进吗？”

素劫在一边战意大振地笑了起来。

“有意思！小泥鳅，走，咱们报名去！”

“等等，我还没做好心理准备——对了，亚加德，你参赛吗？你参加的话，拿个名次什么的没问题吧？”

“我参赛的话有百分之七十的几率夺冠。不过北宸小姐，要是在参赛途中我遇到您的话，一定会认输。您会因此不愉快吗？”

“当然了。”北宸点点头，“我知道你很强，但赛场上对人放水是很不厚道的哦。”

“是吗，那请允许我不参加。”

亚加德立即果断地这么回答，北宸一头黑线，但也没有强迫他，只是转头看向亚晔。

“那亚晔你呢？”

“世界上百分之九十的集团活动都是禁止堕暗种参加的，你说呢？”

亚晔耸耸肩，好笑地轻哼了一声。

“我当观众。场外调查谁是迦法神团成员的事就交给我好了。”

凌霜在一边举手说：

“我也当观众，不过如果碰到缺少中距离武器的难题时，我可以当外援。”

“好，谢谢你，凌霜。”

北宸点点头，然后有点不安地看向向影。

“主人，别担心。你现在是圣灵武司啊。”

像是明白北宸的担忧，向影微笑着轻拍她的肩膀。

“只不过是预选而已，主人的话，一定打个喷嚏就能通过的！”

“……呀，这样也太夸张了吧，向影。”

“走咯，走咯！”黑祸上前一把搂住北宸的脖子把她往前拖，“不参赛的家伙们直接走侧门到关卡对面等我们好了！”

“笨蛋影说得没错，你可以不相信自己的实力，但怎么也得相信一下自家英俊潇洒的战器们吧？”——素劫也凑上来使劲敲她的头盔。

被自家战器一闹，北宸第一次参加大型比赛的紧张感也淡去了不少，于是向着非参赛组的几个人挥挥手告别，然后同三个战器一起加快脚步，向着人群汇集的关卡走去。

从远处看还不觉得怎样，凑近了，那几十米高的巨大关塞如巨人般耸立于人前，黑压压地带来了莫名的压迫感。

下午的阳光逆着关塞洒下，在地面上拉出不小的阴影，在这些阴影中，满满当当地站着各种各样的人。

年轻的大概才十三四岁，胡子花白的也有，男性数量偏多，但也有不少女性，各种发色各种肤色各种瞳色的人都能找到，穿着风格也各不相同，有穿着笔挺的正装的，也有为数不多光膀子文有图腾的异族人，还有穿着和唐装极相似的东方风格的黑发黑眼的人存在，简直就像是世界各地的部族展览一样。

人们聚成一堆一堆小声谈论着，有些是和战器在说话，有些则是和自己同行的搭档在讨论些什么，也有去和附近的旅人搭讪的，人声夹杂着马匹的响鼻声和一些趁机来贩卖水、小吃和灵晶等消耗品的小贩叫卖声，四周闹哄哄的堪比大型集市。

由于北宸乘坐的是跳驹车，她一下来，大老远就引起了关塞外不少人的注意。

但等到她走近了，不少人用星灵力探测看了一下她的战器等级之后，立即在心中把她的威胁性降到了很低的层级，并失去了兴趣扭开头，最多对着那张被头盔遮住半边的脸多看上几眼。

但也有少数几人默不作声地把目光在她身上多停留了一会儿。

一个是有着奇妙深靛色长发的漂亮女子，对着她眯起眼露出了充满兴味的笑容，还拿手肘捅了捅身边一个男性战器，然后朝着北宸的方向努努嘴，战器看了一眼之后，就低下头和女子窃窃私语起来。

一个是穿着唐装的黑色长发的男人，同北宸一样，他脸上也有遮挡容貌的东西——铁质的鬼面具，因此看不到他的表情，只见鬼面向着北宸的方向停留了一阵之后，他身侧走来一个小个子少女战器，对着他视线的方向轻笑了一声。

一个是有着和北宸的假发颜色极为类似的金发，但皮肤却是古铜色的青年，他坐在城墙阴影中一个极不起眼的角落，周围像是有着神奇的防护罩般，没有人靠近他五米以内，倒是有个大汉倒在不远处哼哼着，旁边还有一把断掉的剑。

他穿着敞胸露腹的豪迈异族装，露出了纹理分明的肌肉，脖子一直到胸口处文着张扬又漂亮的图腾似的花纹，一只耳朵上有一个镶着宝石的耳钉，宝石的颜色非常奇异，像是白色但又不是白色，色泽和星灵矿有些像。

——他面无表情，一双凤眼一眨不眨地看了北宸十几秒后收回了目光，而就在这时，一只品种像是柴犬的小狗，呼哧呼哧地摇着尾巴撒娇似的靠近他，想要引起他的注意，但被他毫不留情地一脚踹去一边。

一边好奇看热闹的女性灵武司对这一幕皱了皱眉头。

但出乎她意料的是，那小狗在地上滚了一圈之后又呼哧呼哧地黏了上去，青年似乎有点困了，打了个哈欠又一脚踹过去，结果小狗竟然很威猛地在空中打了个翻滚躲过那一踢，顺利地扑到青年的怀里团成了一团。

青年把小狗拎起来往边上一丢，闭上眼开始打盹，小狗则是滚了一圈之后又死缠烂打外加小心翼翼地凑上去，最后在青年的裤脚边，安静地叼着他的裤脚坐下了。

——这主宠关系也太奇怪了吧？

看热闹的女性灵武司脸上流下了一滴冷汗，但基于那青年刚才徒手捏断那个找碴儿大汉的战器，还一脚把人家的隔夜饭都踢得吐出来，这位女性灵武司决定当做什么都没看见，也不发表任何意见。

北宸倒是没有注意到这幕，她径直越过了青年坐着打盹的奇怪空地，走向了关塞正中的大门，大门的墙边贴着巨幅的告示。

预选赛的内容由各个负责关塞的裁判决定。

预选赛从上午九点开始到晚上八点结束，持续时间直到大赛正式开赛，没有通过的人可以反复挑战，但挑战间隔必须超过一天。

通过预选赛的人不得反复参加比赛，一旦发现，取消资格。

每个报名选手最多只能带六个战器，双子战器算一个。

攻击裁判的，直接取消参赛资格，堕暗种不得参赛，代表参赛资格的刻印灵晶不得随意改造和转让。

每天晚上九点宣布当天的合格名单，合格人数不定，由裁判决定。

一场比赛人数为两百人，额满即刻开始，时间为一提尔（小时）。想要报名参赛的请去关塞门口领取袖章。

"嗯……差不多明白了，咱们去报名吧。"

北宸对三个战器招呼了一声，然后走到门口的报名处。

一个穿着淡蓝色制服的男人递过去一张表格让北宸填写参赛资料——但北宸只能看懂塞那加德文字，写起来就比较吃力，最后她只能在工作人员略带鄙视的眼光下，要求向影替她填资料——用的自然是"娅修·图零"这个鲁伊替她伪造的身份。

工作人员丢来了一个做工简陋的袖章让她戴上，袖章上写着编号"14751"。

……也就是说光这个关卡至今已经有一万四千多人参赛了啊，这数目还真是夸张啊。

“奇怪了，没想到武斗大会的参赛者会多到这么夸张的地步，难怪这么早就开始预选了。”

她一边往回走一边喃喃道，身旁的向影则笑了起来。

“主人，这次大赛的奖励品可是霞血一个月的契约权啊。”

“可是才一个月而已，怎么能吸引到这么多人啊？”

“这你就不知道了，小泥鳅。”黑祸压低声音拉着北宸在一边站定。

“你不知道七日战争吧？我们所处的位置是北大陆，南大陆有一个很强大的国家，国土几乎覆盖整个大陆北部，那个国家的名字叫悠禹。几十年前，那个国家的王拿着一把战器，用七天平定了当时群雄割据的局面，才有了现在的悠禹国。”

“别告诉我那个战器就是霞血。”

“没错。”素劫靠着墙点点头，“有霞血这种级别的战器，一个月足够翻天覆地了。”

“天哪，原来这家伙这么厉害——”

北宸回忆起当时碰面的情况——能让这么厉害的战器受伤的人，到底是谁啊？难道是个肌肉比达里姆，啊不，亚加德还要夸张的像熊一样的巨人，剃着光头，身上缠着铁链，手里两把油亮亮沾着血的巨剑——

远在赫阳国的西风莫名其妙地打了一个喷嚏。

就在北宸胡思乱想的时候，关塞门口一阵骚乱，紧闭着的大门轰的一声打开，里面不少伤痕累累、神态萎靡的灵武司走了出来——想必是预选中落选的人吧。

一个穿着制服款式疑似裁判的高瘦男子跟着这些人一起出门，然后对着空地吸了一口气，以平稳的语调大喊：

“14500号到14700号，请集合参加下一轮的比赛。下一轮比赛将在十分钟后进行，请做好准备。本次比赛最多携带战器数量为三个，多余的请不要带入赛场。”

北宸看了一下自己的袖章，14751。

看样子，要再等一个小时了——素劫很无耻地从储物空间拿出一张沙发，在周围人诡异的视线中，和黑祸一人一边占据了沙发，还对着北宸拍拍自己的大腿，一脸“想坐就坐我腿上”的欠揍表情。

见北宸脸上出现了青筋，向影忙不迭打圆场说：

“呃，不然，我坐在素劫兄的腿上，主人你再坐我腿上好了……”

“笨蛋影！这么猎奇的提议你到底是怎么想出来的啊？”

素劫全身起了一层鸡皮疙瘩，然后从沙发上跳了起来，结果北宸就嗖地一下趁机蹿过去坐下来，还对着素劫嘿嘿笑了起来。

——嗯，果然身手敏捷还是有好处的啊。

素劫一脸不满道：“小泥鳅最近胆子越来越大了啊，老弟，我们是不是该有点行动了？”

黑祸则在沙发中用阴森森的表情怪笑地看着北宸说：“没错没错，连我们的御用沙发‘POKOPOKO号’都敢抢，小泥鳅，你很有觉悟嘛。”

“等等！为什么沙发还会有名号啊？！而且POKOPOKO是什么东西？！”

“素劫兄别生气了，不然你坐主人腿上也……”

“笨蛋影你给我闭嘴！”

北宸和三个战器闹成了一团，这边人已经开始陆陆续续进场了，方才那注意北宸的深靛色长发女子和鬼面男也走了进去，有几个人战战兢兢地看着那个打盹的金发青年，发现他没有入场之后大松了一口气，还小声交谈起来：

“太好了，那家伙和我们不是同一批的……”

“是啊，太倒霉了，为什么那个‘狂犬’会来啊？！图零部落不是避世得要死吗，为什么突然来参加这种大型比赛了啊……”

“和‘狂犬’同一个关卡，咱们是凶多吉少了……”

“去去去！别乌鸦嘴！”

几人一边交谈一边走进了关卡的大门，没过多久，大门彻底关上，发出了重重的闷响。

“开始了呢……”北宸望着关卡的大门轻声道，而就在这时，突然一道人影从北宸身边蹿过直奔大门，然后哐一脚踹在大门上！

几乎所有的人都被这一幕给吓呆了，工作人员愣了好一会儿才跑过去询问怎么回事，结果被突然丢过来的一只毛茸茸的东西砸到脸，然后吓得手忙脚乱！

这个人，赫然就是方才打盹的金发青年——而他丢出去当武器的，就是那只小柴犬。

大门内外一下子安静下来，门开了，裁判探出头来询问怎么回事，而那人则在这一片寂静的环境中，脸不变色气不喘、一字一字地这么说道：

“扰我睡眠者死，哪怕是门也一样。”

“……”

全场，更安静了。

所有人步调一致地露出了囧脸，北宸也不能例外，很应景地囧在素劫的沙发上。

第二章　狂犬格伦佘

在那神奇又莫名其妙的小插曲过后，金发青年转身走回自己原本坐的位置，而那只小狗也立即从工作人员的身上跳下来，去追自己的主人。

“……那、那家伙到底在想些什么啊？”见他在众目睽睽之下毫无压力地继续开始打盹，北宸不由得抽着嘴角自言自语起来。

“我想起来了！”黑祸突然一拍手，“那家伙是‘狂犬’格伦佘！图零部落下一任族长啊！”

“狂犬？”

北宸歪着头询问：“这是绰号吗？好像不怎么好听啊。”

“嗯，听鲁伊提起过，小泥鳅，你碰到‘族人’了哦。”

素劫幸灾乐祸地歪嘴笑了一下。

北宸愣住了，问：“族人？”

“主人，你现在的身份是图零部落的战士啊。”

向影在一边提醒，北宸这才回神，然后一下子嘴张得老大。

“等等！也就是我这个假冒的碰到了真的？！万一被他拆穿的话，我会不会像那扇大门一样被他往死里踹啊？”

“可能性很大哦，人家是‘狂犬’呢。”

“是啊，‘狂犬’哦。”

“咦……咦咦！”

双子同时露出阴阳怪气的坏笑吓唬北宸，倒是向影在一边苦笑着摇了一下头。

“主人，别担心，鲁伊殿下应该不是这么不谨慎的人，他既然替你准备了这个身份，应当和部落的人通过气才是。”

“也是哦——呼，吓死我了！”

北宸拍拍胸口，黑祸和素劫则一副怒其不争的样子瞪了向影一眼。

于是，就在带点轻微骚动和不稳的气氛中，一个小时又过去了。

大门再次打开，北宸带着有点加快的心跳，和三个战器一起走进门内的考场。在他们身后不远处，被称作“狂犬”的青年踢开了小柴犬，也慢慢走上前来。

像是要塞内部的中央大厅的广间，中间有一个约三米高的石头砌起来的高台，面积大约二十平方米，裁判站在高台边，举起一只手，再次面无表情地大喊起来。

“时间是一提尔（小时），比赛规则只有一点：除了不得杀人外，无论使用什么手法，时间结束时站在高台上的人算是胜出。”

人群开始低声哄闹起来。

二十平方米，站上五十个人已经很拥挤了，更何况要上去的人不止人，还得算上战器的位置——这样一算的话，大概一次只有十到二十个人能胜出预选赛吧。

——这样一盘算，人们立即明白了自己的目的。

眼前所有人都是敌人，尽可能削减人数，才能保证自己能跳上高台。

“还有一里尔（分钟），比赛正式开始。”

裁判的声音再次响起，人群声音渐渐淡了下来，取而代之的是一种沉闷的压抑和紧张。

时间一秒一秒过去，战器们发出了光芒来到自己的主人手中，人们都摆好了战斗的姿态，北宸也伸手将向影作为先发武器，慢慢地压低了重心。

裁判已走到场地边缘一个有栏杆保护的安全区内，举着的手终于用力挥下——

“比赛开始！”

一瞬间，极静变化为极动。

几乎所有灵武司都选择了附近的人当做对手，兵刃的碰撞声，在瞬间炸响整个大厅。

北宸向着高台的方向跑了几步，立即有人一斧头砍了过来，想要拦截她的去路，她侧身一闪，抬腿一个重压，借着斧头的重量，把那人的手臂狠狠向下压去——下一秒，她收腿，弓身一蹲，躲过了背后的剑风，右手挥动向影，剑柄反手一击，把身后偷袭者的战器直接撞到了地上！

“这边！”

另一边，黑祸和素劫为她清扫出了前进的道路，北宸立即停住攻势调转方向，从黑祸和素劫打开的缝隙中疾驰而去，奔向高台。

高台边有一个拿着长棍的灵武司正在努力攀着高台的石壁向上爬，看到北宸奔来，他脸色一变，悬在半空伸出一只手来，长棍呼啸着朝北宸的面门打去！

北宸一个急停上身后仰，险险地躲过了这一击，然后侧过手臂拉住了长棍，用尽全身力气向下一扯，把对方从石壁上扯下来，紧接着，她趁对方落地还没有站稳的时候，一个轻巧的前跃，膝盖狠狠地撞上他的腹腔，对方发出了一声干呕的声音就半跪在地上，看样子一时半刻是动不了了。

好机会！

“向影，稍微忍一下！”

她在心灵沟通频道吼了一声，然后提剑向着石壁的缝隙中掷了过去，只露出半截剑身在外，下一秒，她一伸双手，黑祸和素劫出现在她的手臂上，她纵身一跳，钩爪扎进了石壁，向上用力几扎就爬到了向影的高度，然后，她的脚尖在向影的剑身上一点，用力一个空翻，白色的身影划出了漂亮的弧线，稳稳地跃到了高台之上！

“好样的！第一个上高台的人是我们呢！笨蛋影，快上来！”

随着素劫的话音，向影化作一道白光来到北宸的手中，同时，一道冷光突然向着北宸的颈部而去——是箭矢！远处有人拿着弓系战器狙击她！

她几乎是本能地一侧身子，躲开了箭矢，心有余悸地看向箭矢射来的方向——一个男人拿着长弓，正在张弓，再次瞄准了她。

这个时候，没有远距离战器的劣势就彻底展现出来了。

北宸一下子愣在了原地——看样子只有全神贯注地闪躲了！

“主人，灵晶！”

突然，向影的声音响了起来，然后一枚绿色灵晶——六级“风炮”出现在她手中。

对了，六级灵晶的话，可以打到那个距离！但是灵晶毕竟是消耗品，用一次少一个，等到用完，自己就彻底拿远距离攻击没辙了，所以她决定尽量用少一点灵晶打倒对方——

嗖！

箭矢再次破空而来，而北宸没有闪躲，而是对准箭矢的方向猛地捏碎了灵晶。

轰！

闪着绿光的高压风柱从北宸的手臂轰鸣着冲了出去，箭矢在离她只有一米的地方被轰得粉碎，然后直冲对面拿着弓的灵武司而去，而对方因为刚射完一箭，神经稍有松懈，就这么被高压风柱给击中向后飞去，撞上最边缘的墙壁，直接昏了过去！

“后面！”

黑祸的声音响起，北宸心一沉，来不及转身便手持向影反手一刺，身后立即传来人的闷哼声——北宸拔剑后一个后跳，这才看清楚对手——是一个刚爬上来的拿着长枪的灵武司。

“哈！”

她轻喝一声，直接发动了追击，那个拿长枪的人显然跟不上她的攻击节奏，没几个来回就被打得节节败退，一直到了高台的边缘，最后被北宸一击打得失去了平衡，一声惨叫之后径直掉了下去。

但就在这时，另外一个方向再次射来箭矢！

北宸一个侧跳躲开了——再次从侧面射来了一支——她狼狈地往地面一扑躲过了攻击。

至少有两个拿着远距离战器的人在狙击她！

“该死，上来太早了啦，你这个笨蛋小泥鳅！现在别人都开始集中对付你了！”

“可、可是站在下面的话也很容易被近战系的围攻啊，至少站在高台上把人打下去，要比爬上去的时候对付上面的人要轻松吧？”

北宸有点委屈地反驳，一边不敢大意地闪躲着箭矢的攻击，一边找准机会，风炮连射，总算是在用掉第十枚风炮的时候，将两个狙击她的灵武司给打昏了。

这一下，那些灵武司们不敢轻易偷袭北宸了。

因为战斗灵晶这东西，虽然在星灾之夜时，当地高层会免费发给你用来守城，但平时要得到的话就只能自己买，而六级以上的战斗灵晶，一枚起价就是一万多瑞，北宸这一轮轰下来，已经轻描淡写地轰掉了十万多瑞了。

——这里大多数是普通百姓，哪里有那么多闲钱愿意和她用灵晶对轰啊！

灵武司们在愤愤北宸财大气粗的同时，北宸也暗自心疼得不行：看样子远距离战器果然重要啊！

不过还好，远距离战器不发挥作用的话，那些爬上来的灵武司对她似乎就构不成太大的威胁，纷纷在她那令人眼花缭乱的速攻下，被晕头转向地打下了高台。

但就在北宸稍稍松了一口气的时候，突然背脊一凉，一阵扑面而来的杀气让她猛地沉下重心摆开了防御姿势——下一秒，一道人影轻巧地翻身跳上了高台。

北宸倒吸了一口气——是“狂犬”格伦佘！

来者轻眯凤眼扫了北宸一眼，低声开口了。

“帕勒吉耶？”

“……啊？”

北宸一头雾水，不知他在说什么。

狂犬格伦佘见北宸一脸呆相，冷笑了一声。

“果然是冒牌的。”

嗖！

就在狂犬说话的时候，一枝箭矢冲着他的头部而去，他甚至连眼珠都没动一下，便伸手啪的一下，稳稳抓住了箭矢，然后手指一翻，将箭矢调转方向，用力一挥，投了出去——这一连串动作，甚至不超过一秒！

“呜啊！”

高台下传来了惨叫，而北宸则被他的腕力和反应能力给震慑住了。

但狂犬可不会给她发愣的时间，他轻蔑地笑了一声之后——消失了。

北宸全身的毛孔，在瞬间紧缩起来。

在北宸还没回神的时候，身体已经自动举起向影防御在右侧——砰的一下，虎口被震得发麻，而狂犬已经收回攻势后跳了一步。

这个人很可怕——身体正在不断重复告知自己这些。

首先是快，快得几乎无法用眼睛捕捉他的动作；

其次是精准而迅速的判断力，无论是攻还是守都没有半丝犹豫；

更可怕的是，他手上和身边没有任何战器，只有双手五指之上覆盖着厚铁片，刚才那一击，是拳头重重砸在剑身上造成的。

他竟然准备不用任何战器来通过这预选赛吗，也太嚣张了吧！

然而，强者就是有嚣张的权力。

砰！

北宸再次挨了一击，被那巨大的打击力逼得接连后退几步，到了高台的边缘，她还没来得及站稳，狂犬已经疾步上前对着她肩部踢出一脚，毫无悬念地把她从高台上踢了下去！

“主人！”

向影在落地途中，先一步变回人形到达地面接住了北宸的身体，而见她落地，周围有几个早就牙痒痒的灵武司立即围了上来。

“别挡路！”

大概是在短短几秒钟之间从高台被人轻描淡写地打落下来，北宸心里一阵不甘——好歹我也在树海里和这么多虎猿缠斗过欸！竟然因为速度不如人而被打败了！我的强项不就是速度吗！

这么想着，心里的不甘越烧越旺，她咬牙切齿噼里啪啦打倒踢飞好几个灵武司，再次借着黑祸和素劫，连用向影做落脚点都省略了，直接和壁虎一样爬了上去!

“哼。”

狂犬轻蔑地冷笑一声，又是迅猛如同猎豹地一个前冲，几个重拳再次把北宸打得踉跄着跌下高台——然后北宸又被其余灵武司围住——

“都、都说了别挡路啦!”

越发不甘心的北宸已经完全把心思放在了高台上，其他灵武司的攻击和狂犬的迅捷和力度一比根本不够看，不知不觉间，在树海训练出来的身手全数施展了出来，不出一会儿，等她回神，已经又一波人被撂倒在地直哼哼了。

“哦哦哦——”

战意大振的北宸再次用钩爪攀着墙窜上高台!

我说小泥鳅你是不是可以改名成小壁虎了?——黑祸和素劫同时在心里吐槽。

“还不死心?”

狂犬再次上前，对准北宸的腹部挥出一拳!

锵!

虽然还是被这腕力震得龇牙咧嘴，这次总算是稍稍捕捉到了对方的攻击动作，防御住了——就在这样暗喜的时候，侧腰受了一击，北宸闷哼一声再次摔下高台!

向影依旧稳稳地接住她，然后捏碎了一个恢复灵晶。

“主人，这样下去不是办法，不如……”

“我……我……我……”

“主人……”

“我和他卯上啦啊——”

完全陷入死磕状态的北宸似乎根本没听懂向影在说什么，再次张牙舞爪地拍飞了靠近她的灵武司们，然后嗖地蹿上了高台，动作比方才更流利了不少！

主人，你好像真的快变身成某种动物了——向影在高台下抽着嘴角。

这次，看到她又爬上来的狂犬，没有主动攻击，倒是意味深长地挑了一下眉。

他不过来的话，那就由这边主动攻击！

这么想着，北宸一个疾冲，然后手中的钩爪接连挥动——横挥、倒勾、劈砍、燕尾似的反剪，六道利刃划出了流畅且密不透风的残光直冲狂犬而去，但对方却只是一勾嘴角，轻移脚步，侧身、低头、后仰，险险地躲过了她的攻击，明显是看不起她的样子。

越是追击，北宸的心里越是烦躁。

奇怪，虽然他的速度很快，但自己的速度明明和他相比也慢不了太多吧，为什么会全被他看透的样子？

然而就是这么一个细微的分心，却被狂犬捕捉到了，他对着北宸挥下来的钩爪猛地伸手，竟然止住了北宸的挥击，还捏在黑祸的刀刃上！

“呜——”

他的手指开始用力，与此同时，黑祸的刀刃发出了一阵金属的哑声——他想捏断刀刃？

“住手！”

北宸暴怒地大喝起来，抬起脚踢向了那只挟持钩爪的手上——果然，对方放开了黑祸的刀刃，反射性地抓住她的脚踝，然后用力一提！

“哇——啊！”

结果北宸就被倒着提了起来，然后再次被晕头转向地丢下了高台，再然后老样子被高台下的向影接住。

“怎么办？”

向影扶着北宸四下张望，现在场地上还站着的灵武司其实已经不多了。

“主人，要是实在没办法上去的话，等一天，下一场比赛再来过？为了取胜受重伤的话没有这个必要——”

“不，这一场就要过。没人能保证下一场就不会出现第二个狂犬吧？放心，我不会以卵击石，我觉得再和他对上几次，说不定就能跟上他的攻击节奏了，我只是怕你们会受伤，他的指力太强了，竟然以黑祸的硬度都想去捏断他！”

“放心，小泥鳅，虽然很不好受，我刚才抗住了他的力道，他捏不断我的刀刃的，好歹我和老弟也是极品烨月种啊。”

黑祸边说，边配合着向影防御住附近攻过来的几个灵武司。

“所以，真的想挑战的话，就去做吧，一个战士没有夙敌的话是很悲哀的，能找到值得挑战的好对手，绝对是件乐事。”

“黑祸、素劫——”

见他们这么说，向影轻轻苦笑了一下。

“双子兄说的也不是没道理，虽然担心主人的安危，但如果主人想要借此成长，我绝不阻拦。那么后方就交给我，主人就放心地冲吧。”

“嗯！”

北宸高兴地大吼一声，再次向高台冲了过去！

于是，接下来的几十分钟就这么过去了。

噼里啪啦——打败其他的灵武司。

哧溜哧溜——蹿上高台。

乒乓咕噜——被打得掉下来。

喘口气。

噼里啪啦——打败其他的灵武司。

哧溜哧溜——蹿上高台。

乒乓咕噜——周旋了几回合后被打得掉下来。

喝点水，来个恢复灵晶。

噼里啪啦——好像已经没什么人可以打了，一靠近那些还在地上喘气的灵武司，他们就小声悲鸣，然后拼命地向后退。

哧溜哧溜——继续蹿上高台。

乒乓咕噜——多撑了几招之后还是被打得掉下来。

气急败坏暴跳一阵。

噼里啪啦——

哧溜哧溜——

乒乓咕噜——

周而复始不知道几次之后，连一边的裁判都在猛抽嘴角：我说，又不是规定只能剩一个人，高台上那家伙就不能放那小姑娘一马让她站上去吗？时间都过去那么久了，高台上还只有他一个欸！

一些缓过气来的灵武司倒像是认清事实似的，也不继续挑战了，跑到场地边缘挨着墙坐下，还有些干脆和看戏似的边吃着补充体力的点心，边对战况评头论足起来。

“呜哇，还不死心啊，还不如和我们一样老老实实等下一场再来过呢。”

“是啊，果然对上狂犬就不该有能侥幸胜出的心理啊。”

“不过那小姑娘意外的强？明明战器很普通——哦，那对钩爪倒是还不错，那把剑就很不怎么样了。”

“哇！又冲上去了！”

“哦！哦哦！竟然能和狂犬来上几招了啊——啊，被踢中屁股掉下去了。”

“狂犬那家伙也真是的，怎么能踢女孩子的屁股啊——不知道脚感怎么样？”

“我说你刚才那句话前后有矛盾？”

“啊！又爬上去了！速度好快！她已经可以去做职业登山大师了吧？”

“快看快看！好漂亮的连续踢腿！唔唔——不错啊，还算是美腿来着，可惜她穿的是短裤，如果是裙子的话——”

“你们观战就算了，话题给我自重点！”

裁判在一边终于忍不住大吼起来。

而另一边，灰头土脸的北宸再次气喘吁吁地爬上了高台。

——说实话，她体力已经所剩无几，现在还能奋战，完全就是因为不甘心而凭着一口气硬撑罢了。

其实她也很奇怪自己为什么会没有放弃和这么强的敌人抗衡，本来以她的个性，应该会知难而退，或者想办法智取才对啊。

难道那种“每个战士都会有个一生的夙敌”这种说法是真的?

而自己的夙敌，就是眼前这个被叫作“狂犬”的男人吗?

不得不承认的是，虽然极其疲累，身体里却涌起一阵微妙的舒爽——从一开始被秒杀，到现在能周旋上几招，她确实从挑战强敌中得到了一种全新的兴奋感，总觉得每对上他一次，自己就能更强上一分，就是这种冲动，鼓励着她一次又一次重新爬上高台。

能坚持，一定能坚持，一定要坚持!

“你怎么和毛球一样?”

出乎意料的,狂犬终于再次说话了,但话语的内容却完全意义不明,让对面的北宸喘着粗气愣住了。

——毛球?

正在她疑惑的时候，她发现狂犬脚边不知道什么时候多了一只小柴犬，而这只小柴犬正在拼命向他靠近，但被他一脚踢开——然后再次扑过去——再被踢开——又扑了过去——还是被踢开。

北宸抽了抽嘴角:她好像明白了——

这只小狗铁定是叫毛球，因为自己刚才的悲惨举动——确实真的和它好像啊!

话说为什么比赛场地会有一只小狗啊?

北宸正在脑内抓狂，那边狂犬已经一屁股坐下。

“腻了，换他对付你。”

说着就拎起小狗径直往北宸这边丢了过来。

“哇——”

北宸手忙脚乱地接住了那只从天而降的毛茸茸小东西，然后低头，对上了一双水汪汪圆滚滚又无辜清澈的眼睛。

“……”

这、这是什么？！可爱光波攻击吗？

“毛球”在北宸的怀中，嗅了嗅她的味道，然后似乎是觉得还算满意，呼哧呼哧地吐着舌头叫了几声，毛茸茸的尾巴还甩了几下。

——北宸一下子怀念起了阿特拉斯。

“这、这是怎么回事啊，我说？”

黑祸和素劫返回了人形，一边的向影也有点疑惑地跟了过来。

“主、主人的下一个敌人是它吗？那可得小心一点，万一它突然开口来个星灵炮的话……”

“怎么可能啦，有这么小只的附身月使就好啦。”

黑祸满不在乎地反驳，北宸则是不说话，定定地盯着怀中的小柴犬，似乎是被可爱光波攻击给彻底击中了。

向影有点不安地皱皱眉。

“主人！不能大意哦！它可是敌人丢过来的、对方的战器啊！”

“咦！笨蛋影你确定那东西真的是战器吗？那只是一只普通的狗吧？”

“不，无论什么情况都不能大意，虽然它看上去是一只正常的狗，但也很有可能是一只本体是肉骨头的战器啊！谁都没办法肯定战器只有人类型吧！世界是广大的，也有可能会出现我们不了解的神秘战器啊！”

“呃，与其说它神秘我倒是觉得你的大脑才是最神秘的笨蛋影……”

“好……好可爱……”

北宸陶醉地对着小狗发出了带着粉红泡泡的声音。

“看到了吧！主人被那个战器迷惑了！原来这是精神攻击系战器啊！”

“笨蛋影你别真的去攻击那种普通的小动物啊——那个只是小女孩看见可爱东西的正常反应吧，我说？”

“还是说你嫉妒它能窝在小泥鳅的胸口蹭来蹭去？该死！我好嫉妒啊！”

“什么！它在蹭主人胸口？这个禽兽！恶魔！混蛋！鼻涕虫！宇宙罪恶的根源！看我——”

“你给我住手啊，笨蛋影！”

坐在不远处的狂犬格伦佘看到安生地窝在北宸怀中的小狗，有些意外地皱了下眉。没想到这东西还是会接近除了自己之外的人类？

看样子不合格都不行啊。

“哼。”

他轻哼一声引起了对面几人的注意，伸手向着抱着小狗的北宸，然后面无表情地开口说：

“啊——你不是我失散多年的妹妹吗——难怪毛球对你这么亲近——我可怜的妹妹娅修——这些年让你在外奔波——真是苦了你哇——”

在北宸几人莫名其妙的眼神中，他用像是念台词似的语调说出了让人更加莫名其妙的话。

直到愣了好几分钟，北宸才回过神来。

他知道自己是假冒的图零部落的人，又叫出了自己的假名——那就是说他是知道鲁伊的交代的？现在这么说，也就是代表他承认了这个假身份？

那也就是说——她现在，变成了这个狂犬格伦佘的——失散多年的妹妹！

太假了吧！谁会信啊？所有听到这些台词的人都在心里吐槽起来。

念完台词之后，格伦佘就原地坐着闭目养神了，再也懒得多看北宸几人一眼，而那只小狗竟然就这么窝在北宸怀中睡着了！

喂！我说搞清楚谁是你的主人啊！——三个战器只能站在北宸的身后，用冒着酸气的怨念死波杀人视线死命攻击小狗——当然，完全没用。

于是，就在这种完全意义不明的气氛中，这一次的比赛落下了帷幕，高台上仅有两个胜出者，自然是（刚相认的）图零兄妹——格伦佘·图零和娅修·图零。

裁判一边把落败者送出大厅，一边揉着眉，把两枚刻有拉提亚王国纹章和武斗大会标志的刻印灵晶交到两人手中：这场比赛，是他经手那么多比赛中，情况最诡异的一场了！还好狂犬只有一个，要是多来几个——他不禁抖了抖，止住了自己的想法。

北宸一拿到刻印灵晶，就有点虚脱了，抱着小狗倒在素劫的怀里。

黑祸想要把小狗从北宸怀里拎出来，但手指刚沾上它颈部的皮毛，它立即就醒了，对着黑祸咕噜咕噜地龇牙咧嘴。

“看吧！它果然是战器！它要变回本体了吧！”

“就说不可能了啦！”

黑祸一边和向影纠结那只小狗的品种问题，一边不顾它一口咬在自己手上把它给拎了出来，丢向格伦佘。

“黑祸别这么粗暴啦——”

北宸虚弱地抱怨了一句，结果被对方弹了一下脑门。

“没事没事，那小东西是战器，这么丢根本就算不上什么的。”

“等等！黑祸你刚才还说它不可能是战器的吧！”

一边的格伦佘伸手自然地接住了小狗，然后拎着它走到北宸几人的跟前。

“呃……那个……”

北宸努力离开素劫的怀抱，站稳对他点了下头。

“不管怎么说，谢谢你。如果最后几分钟你没有停止进攻的话，我可能会累得三天下不了地的——但我觉得我应该可以坚持到最后。你很强，我确实赢不了你。”

格伦佘张了张嘴，没有说话，最后像是很烦躁地咂了下嘴，良久，才憋出来一句完整的话。

“别给图零部落添麻烦。”

“啊……嗯，好，一定不会的！”

见北宸用力点头答应，他伸手拍了一下北宸的肩膀，然后头也不回地走了。

“走了？”

向影看着格伦佘的背影喃喃起来。

“狂犬……他就是狂犬啊，为什么会被起这样的绰号呢？”

“嗯，他本来的绰号是好像是什么‘送葬狂犬’，但因为行动太过乖张，最后就只剩下这不怎么好听的称呼了——啊，原来的也不怎么好听啊。”

素劫在一边努力摸着下巴回想着。

“不管怎么说，先通过关塞和亚晔前辈他们会合吧。主人，很累吗？需要我背吗？”

向影边说边背对着北宸，半蹲下来。

“等等，怎么每次都是笨蛋影背啊，这次换我——小泥鳅，黑祸大爷的公主抱哦！快上来吧！”

“死老弟，你竟然要撇下我一个人抱！那我也不客气了，公主抱什么的早就过时了啊，小泥鳅来尝尝素劫大人新鲜出炉的阿根廷折背吧？”

“等等，那是格斗技吧？”

“好了好了。”向影好脾气地退了一步说，“不然我们三个一人分一部分，我在前面抱着主人的头，双子兄你们抱着主人的腰和腿——”

“向影你把我当成卷起来的草席了吗？”

“咦？不，主人怎么会是草席呢？是女神才对啊。”

“……”

总之，预选赛就这么有惊无险地顺利过去了，勉强地庆幸一下吧。

第三章　月震绝唱之夜（上）

要塞预选赛之后第五天，湖中城普伦奈勒。

湖中城，顾名思义，是座完全建立在巨湖正中岛屿上的城镇，虽然不是很大，却作为卫星城市，成为连通首都格鲁贝西亚与外界的唯一道路。

首都是一座建立在高耸的山脉中、山脚邻接着大湖的要塞型都市，前傍水后依山，从军事战略角度来说，是易守难攻的典型，而连接首都的正门与湖对岸的，是长达十几千米、宽十米、横跨湖中城的巍峨大桥——星架。

如此一来，湖中城普伦奈勒成了前往首都的必经之路，也成了前往首都的旅人们的落脚点和船只穿梭的小港都，来来往往的人流量异常地大，因此也不亚于首都的繁华。

前一次在赫阳国首都阿扎那尔由于星灵矿矿难没有好好逛，这次进了城的北宸终于忍不住打开了购物模式，沿着街一家店一家店兴奋地逛了起来——当然，鲁伊给的酬金就这么一点一点被花掉了。

各类灵晶、战器保养套装、以跳驹为原型做的小布偶、画着世界各地名胜风景的画册、小孩子之间很流行的玩具POKOPOKO球、以北宸现在的行程来说完全不可能穿的少女式连衣裙、风味小吃、有趣的发夹、流行棋类的棋盘和棋子各一套——

很快，向影的储物空间就被塞掉了一半，黑祸和素劫的空间也满了不少。

“向影，给，这个是送你的礼物！”

从一家战器饰品店出来，北宸笑嘻嘻地把一个带着浅蓝色晶体的剑穗式挂件塞到他手里。

“因为我也不知道对战器来说送些什么比较好……这个，喜欢吗？”

“欸？咦……主人……这是给我的？为什么？”

向影接住了北宸手中的挂件，似乎还没回神，讷讷地反问道。

“嗯？不为什么啊，看见这个挺适合你的，就买了……不喜欢吗？那我拿回去和老板商量一下换一个……”

“不不不！”向影猛地缩回手，揣着挂件迅雷不及掩耳地把它放进了自己的储物空间，“谢谢你，主人，我很喜欢，请放心，我一定会把它好好地保存起来！”

“呃……不过这个是装饰性的，不是应该戴起来吗？”

“不，那很容易磨损的！我怎么会允许主人送我的东西出现一丁点儿损伤！”

那它就失去意义了啊……

北宸抽着嘴角看了一眼向影的储物空间：果然，那个挂件被小心地放在空间最顶端的一个小隔间里，外面密密麻麻地拦了好几道光栅，还用特大号加粗字体写着：重要！主人送的礼物！

算了，他喜欢这样那就随他吧，北宸哭笑不得地叹了口气。

“等等，别告诉我只有笨蛋影一个有礼物啊！”

黑祸和素劫立即不满地凑了上来，凌霜也带点期待地看着北宸，亚晔哼了一声“无聊”之后就扭过了头，不过眼角的余光还是装作漫不经心的样子，时不时扫过来，只有亚加德像是对这个毫无兴趣似的，面无表情地守在她几米之外。

“当然大家都有啦！”

北宸从手中的袋子里掏出两个带着漂亮花纹的硬皮腕圈。

“这两个是给黑祸和素劫的，刚好有黑白两个款式，我就都买了，搭配上钩爪的话应该会……挺帅气。”

“哦,”素劫一把抢过白色的腕圈,戴到了自己的手上,然后晃了晃,“怎么样?”

“嗯嗯,不错哦!”

“哦,我感动死了,小泥鳅,不如今晚本大爷以身相许来报答你吧?”

“不用了啊!”北宸脸色发绿地后退了几步,“对、对了,亚晔!这个是给你的哦!”

她说着,向亚晔递过去一个黑铁质地、镶着剔透红宝石的镰刀专用副扶手——那个是用来横着装配在镰刀柄中部、长约二十厘米的扶手,因为横握比直握多出几分灵活性,对于专长技巧性攻击的亚晔来说应该还是有点用的。

“算你识相。”

亚晔哼了一声,拍拍北宸的脑袋,把副扶手收了进去——其实他早就有好几个副扶手了,其中不乏质地更好的,但不知道为什么,这次这个拿得尤其舒心。

接着北宸拿着一个有着复杂图案的部件串接而成的华美冰色链子,走到凌霜跟前:

“嗯……那个……这个……是……”

凌霜接过链子,低声开口问:

“给我的?”

“嗯,不知道你喜欢什么……所以……”

“你送的什么都好啦。”

凌霜低头用小得几乎听不见的声音这么说着，将链子收下，然后突然咬了咬牙，伸出手，抬起头盯着她说：

“你替我戴上。”

“欸？”

“是你买这个手链的不是吗，我不会戴。”

用着再蹩脚不过的借口，凌霜将手递到北宸的跟前。

“……”

北宸有点后悔送手链了，应该送个更不容易让他乱想的东西才对。

现在是骑虎难下了，她只得硬着头皮飞快地替凌霜戴上了手链，然后红着脸退了几步。

“谢谢。”

凌霜小声道谢，然后专注地摸着手腕上戴着的手链，嘴角露出了有些虚幻的笑容。

——不知道为什么，这笑容让北宸突然一阵脊背发寒。

于是，她找了个借口随便扯了几句，走向亚加德。

“亚加德，这个是给你的。”

她仰起头，对着这个比自己高上四十厘米的武者递去了一双大号的手套，手套背面文着漂亮的倒十字架。

“北宸小姐，这是？”

亚加德露出了带点受宠若惊的欣喜笑容对着北宸半跪了下来，吓得她头发都竖了起来，赶紧把他扯直了——这里可是大街上！

“嗯，你收下就是。”她说着，指指手套上的倒十字架，“就算是‘背德’，也是以‘德’为标准才能‘背’的，这双手套……就用它来当你的枷锁吧。剑确实将砍杀敌人作为人生目标，但至少我希望能选择砍杀什么样的敌人。”

“是，谢谢您的赐物。”

骑士双手恭敬地捧过手套，语气兴奋得几乎扭曲。

“不是‘赐’啦。”北宸有点伤脑筋地挠挠头说，“简而言之，虽然我很不想插足影响别人的人生理念，因为那么做太自以为是了，但你实在是夸张过头了啦！我希望你至少把自己当成人类啊，你看，你效忠的巫女殿下可是个彻头彻尾的人类哦！”

“……”

骑士似乎没有完全听懂北宸的话，只是盲目地点着头，然后像是在思考些什么。

“既然是北宸小姐的要求，我会努力做回人类的，那么，为了了解人类的平均数据，首先去找几百个标准的人类进行解剖和深度催眠搜集资料——”

“你给我住手啊！”

最后，在亚畔的嘲笑声中，北宸垂头丧气地决定出发前往首都。

到达通往首都的星架大桥时，天色已经很昏暗了，但大桥入口处却依旧人声鼎沸，热闹非凡，尤其有不少灵武司聚在一起谈论着什么。

“看样子这里说不定是下一场比赛的地点。”

亚晔四处张望一下，然后看向大桥旁边的一块巨大告示牌，牌前有不少灵武司正驻足观看。

“喂，抹茶，不去看看吗？那个大概就是这次的比赛内容了哦。”

“嗯，那我过去了。亚晔、凌霜、亚加德，你们就在这附近找个地方休息吧。”

北宸说着对他们点点头，然后带着向影和双子钩爪走向告示牌。

本次预选赛的时间异常地宽松，从到达大桥入口开始，直到武斗大会正式开幕，参赛者可以随时进行挑战。

比赛内容只有一个，不走星架大桥到达湖对岸。在靠近对岸的湖面上有十个裁判，找到其中之一，取得他们的认可，拿现有的刻印灵晶交换新的刻印灵晶即可。

不得做出破坏湖内生态之事（例如在湖内下毒）、杀害其他参赛者，此外，参赛者自身因为参赛而出现生命危险（例如溺水），官方概不负责。

携带战器数量不限，参赛手法不限，只要能得到裁判的认可即可。

“唔……渡湖吗……”

北宸有点伤脑筋地摸摸自己的下巴。

“主人，您的水性怎么样？”

“只能说是一般啦，围着游泳池游上几圈倒是可以，但这个湖这么大，我怕我是没这个体力游完全程的。”

说话的途中，就有一个看起来身体很壮的大汉，把战器绑在自己身上，脱光了上身扑通跳进水中，不紧不慢地向着对岸游去——看样子是对自己的水性很有自信的样子。

“说起这个，”北宸转头看向自家三个战器，“向影、黑祸、素劫，你们的水性怎么样？”

三个战器立即眼神飘移了一下。

“这个……主人，金属系战器……都是不会游泳的。”

“欸？”

北宸惊讶了几秒——后来转念一想也是，他们都是铁器，一进水大概就直接沉到水底下去了。不过……

“人形状态也不行吗？”

“不行啦。”黑祸有点烦躁地抓抓头说，“水是我们的弱点欸，我们连进浴缸都四肢发麻，别说进湖了。淋水净身还能忍受，但不马上擦干的话，一次两次倒没什么大碍，经常这样会生病的。”

北宸点点头：可以理解……大概是太常泡水会生锈？

紧接着她就觉得前途堪忧：要带着三个旱鸭子渡过这么大的湖——到底要怎么办啊？

而就在北宸烦恼的时候，“狂犬”格伦佘的身影出现在几人的视线之中。

只见他手中捧着一大沓大约A4大小的硬纸片，走到湖边，然后伸手，将其中几张如同打水漂儿似的抛了出去——

刷刷刷，几张纸片以平均的距离缓缓地漂在了湖面上。

然后，这位格伦佘老兄，做了一件让所有围观人群全部下巴落地的事。

他竟然直接纵身一跃，将那些纸片作为落脚点，几个弹跳就越到几十米外的湖面上，一边跳一边继续飞出纸片，为自己铺好下面几个落脚点——就这么凌波微步似的蹿远了！

被他踩过的纸片因为浸湿了水，慢慢地往湖底沉去，岸边瞬间陷入了寂静，几乎所有参赛者包括北宸，都在内心大声咆哮起来：怎么会有身手这么轻巧的人啊？和这种人作对能赢吗？

“呜呜呜……我突然不想参赛了……”

被这场面打击过头的北宸有点撒娇似的抱着头喊起来——当然不是真的不想参加比赛，只是发现自己和自己一厢情愿认定的夙敌之间那巨大的实力差之后，产生了无法避免的挫败感而已。

“欸，别这么快放弃嘛。那个，你努力一把也是可以做到的哦。”

一道好听而又陌生的声音响起，北宸一惊，立即中断了气馁抬起头，而向影和双子钩爪则是反射性地护到她跟前。

来者是一个有着深靛色长发的女子，美貌逼人，一对水色眼睛忽闪忽闪的，睫毛长得可怕，身材也是前凸后翘，引得周围几个男性灵武司经常不由自主把视线往她身上挪，而她的身后则跟着一个高大的黑发男人和一个棕发的青年，前者面无表情，后者则虚浮地微笑着，应当是她的战器了。

北宸吞了口唾沫，不动声色地后退了一步。

“你好，请问？”

“别这么紧张，我可不是四处搭讪陷害竞争对手的那种蠢货哦。”

女子笑着对她眨眨眼，露出了和那美艳的脸略微不符的豪迈笑容。

“我完全只是觉得你尚未发现自己的潜能——啊，应该说是还没能够完全利用自己已有的能力，所以来插个嘴而已。”

见黑祸和素劫露出了明显不信的神色，她哈哈大笑起来，转头看向自己身后的战器。

“喂！我说，你们看见没，别人家的战器有多紧张自己的主人？你们好歹也偶尔露出这种态度让我爽一下嘛。”

“与其关心主人……我倒是比较担忧被主人你揍过的人会突然暴毙，然后我们又得过上被通缉的日子。”

黑发男子面无表情地垂眸吐槽，一边的棕发青年也虚笑着跟上了一句。

“别这么说啊，主人，我们也很关心主人你啊，只不过我们的类型是‘傲娇’，所以不擅长表现自己的感情而已。”

“有傲娇会承认自己是傲娇的吗，浑蛋！还是说你们的关心就是在我的午饭里下泻药？”

“请放心主人，那种量还不至于会让你在人前露出最丑陋的一面，我们可是仔细斟酌过分量的。”棕发青年笑眯眯地这么说道，完全不顾美女脸上爆出的青筋。

“那只是为了要让主人能够适当收敛自己的暴力。”黑发男人紧接着给出追加的一击。

“那也不至于让自家主人拉肚子吧！让淑女拉肚子，你们还是不是雄性战器啊？”

“在确认我们是否是雄性之前，主人应当先确认自己是否是淑女。”

“而且我们是不是雄性，主人竟然还不知道吗？原来主人你是个性观念混乱的女人啊。”

“嗷嗷！我杀了你们！”

没几句话，女子已经原形毕露了，张牙舞爪地扑向自己的战器，赤手空拳和他们一来一回过起招来，先前给北宸的那种美艳高贵的印象已经崩毁得差不多了，弄得幻灭的北宸在一边直抽嘴角。

我说你们到底是干吗来的——不是准备搭讪吗？

美女和自家战器闹了起来，北宸囧了一会儿之后干脆不管他们了，转头和向影与双子钩爪讨论起渡湖的计策——但还没说几句，气喘吁吁蓬头散发的美女又跑回了她的跟前。

“呃，那个，不好意思，见笑了。”

美女有点尴尬地理了理自己的头发。

“不管怎么说，先自我介绍一下吧，我叫铃迪尔·艾因。喂！你们两个笨蛋，快点来自我介绍！”

黑发男子叹了口气上前一步。

“在下长戟玄明，七痕，烨月种，我们的主人不懂得与人交谈的分寸，还请这位小姐不要见怪。”

“不要说多余的话玄明，我揍你哦？”

另一个棕发青年也笑着对北宸点点头说：“我叫机关弩阿隆，九耀，量化种。请多指教。

“我们的主人没有恶意的，只不过一路上只能靠大胸部吸引一些没脑袋的男人，除此之外的人，不是被她揍残就是被她吓跑，找不到合适的旅伴，所以只能空虚地四处搭讪，本质上不是什么大坏人，只不过有点蠢而已。”

“阿隆你这真的是在为我辩解吗？你纯粹是想把我的丑事抖给别人听而已吧！”美女暴跳地骂了几句，紧接着看到北宸的囧脸，立即干咳了几声，对她讪笑了几下。

北宸突然对眼前的美女涌起一种同病相怜的亲切感：

“呃，你好，我的名字是……娅修·图零。”

好险好险，差点就把向北宸这个名字报出来了，现在可是拿假身份参赛的，要是暴露的话，很有可能会被取消参赛资格啊。

“欸！你也是图零部落的啊，难怪了。我就说普通人的身手怎么会这么轻巧呢？”

“咦？”

北宸脸上滑下一道冷汗：其实我确实是普通人，而不是什么图零部落的人啊。

“那个，铃迪尔小姐，你是怎么看出我的身手的？”

“叫铃迪尔就好。我看的是草啦。”

“草？”

“嗯，在前一个赛场我见过你，那时候要塞前的官道边不是草地吗，你走过的草地和别人走过的草地不一样。别人踩过的草地，草一时半刻还不能马上立起来，但你走过的地方，草立即就可以恢复成没被人踩过的模样哦。”

“原来是这样啊！”北宸恍然大悟，然后有点高兴地转头看向自家战器，“原来我的身手也很轻巧的啊！”

“是，恭喜主人。”

向影笑着这么说道——看样子北宸似乎是把注意力全部集中在狂犬身上，忘记自己在预选时撂倒了一百多名对手了。

黑祸翻了个白眼说：“别高兴太早啦，小泥鳅，现在的问题是，就算你踩不倒草，但也不代表你能踩在水面上飞过去吧？”

“呃呜……”

“我倒是有个办法。”

铃迪尔在一边开口了。

“用灵晶如何？灵晶‘冰原’，在水里捏破的话，可以让小范围的水结冰哦，然后咱们不是就可以踩上去了？”

“是哦！”

北宸转头看着自己的战器们问：

“我记得我有买过一些灵晶冰原的，向影、黑祸、素劫，你们看看一共库存多少？”

向影立即拿出了十枚，黑祸和素劫翻了一会儿，拿出了三十枚。

“四十枚啊……我这里五十枚，加起来的话不知道够不够，似乎有点悬啊……不知道是不是因为比赛内容的关系，城里的灵晶店里都不卖冰系的灵晶了，真麻烦。算了算了，就算不能一直踩着冰过去，剩下的距离靠游，应该也没有问题吧？”

铃迪尔说着有点烦躁地跺跺脚，然后期待地看着北宸问：

“一起渡湖，怎么样？”

北宸一喜，刚要答应，背后却传来了一声“等等”——亚晔、凌霜、亚加德走了过来。

“欸，你们……没有去休息吗？”

“看到你被奇怪的人搭讪了，就过来看一下。”亚晔不耐烦地皱眉，“你怎么这么有吸引怪人的体质啊？”

铃迪尔一看到亚晔，眼神就冷了下来。

“堕暗种？——娅修，你和堕暗种一起行动吗？”

北宸见到她眼神的变化，不知怎的有点替亚晔不平起来，说：“亚晔他虽然是堕暗种，但很照顾我啊，有什么问题吗？”

“亚晔……啊、吸血镰亚晔啊，撞到有名之人了。”

铃迪尔的神色缓和起来，敌意也收敛不少——她和堕暗种有什么过节吗？

“有名之人的话，这位也是吧。”

一边的亚加德冷不丁开口了。

“‘寒炎魔女’铃迪尔，二十岁，灵武司公会‘白鸦’的台柱，擅使长戟、弓弩、短刀，阿尔卡迪亚公国国籍，真正的身份是——”

“打住。”

铃迪尔的语调一下子变得极冷，神态也一扫刚才的豪放和闲适，脊背笔挺，仰头收颚，美眸轻眯，变得像是个高高在上的女王。

“难怪你这么眼熟，我想起你是谁了。如果不想我在这里抖搂你的真实身份的话，你也适可而止一点。”

“这正是我要说的，如果你想要为了自己的目的而利用我所守护的人的话，我不会允许。”

“守护？你这样的家伙？”

像是听到了什么天大的笑话一样，铃迪尔的脸几乎笑得扭曲了，一脸不可置信的神色指着亚加德。

气氛一下子变得凝重无比，两股截然不同的杀气，分别从铃迪尔和亚加德身上倾泻出来，北宸见状，略微思考了一下之后，拉住了亚加德。

“我觉得铃迪尔提出的一起渡湖的方案可行。”

“……娅修小姐？”

亚加德一脸欲言又止的神色看向她——大概他知道铃迪尔的真正身份，对她提防得紧吧。

北宸笑着对亚加德摇摇头说：

“其实这不存在利用不利用的关系，如果说铃迪尔她准备利用我渡过这一关，我不是也同样利用了她吗？”

“但是……”

“再说，真正身份什么的……再可怕，有我的可怕吗？”

我可是时代的破坏者赤月巫女哦？——她这么对亚加德挤了挤眼。

“既然是比武大会，自然所有参赛者的身份都是武者，其他的身份就暂且搁在一边好了——要不然的话，‘武斗’两个字会哭的耶。”

最重要的是，她的直觉告诉她，铃迪尔并未对她抱有恶意。

“哈哈哈，说得好！”

铃迪尔大笑着上前拍了拍北宸的肩膀说：

“我果然没看走眼，既然你都这么说了，我也就不计较为什么你身边会跟着两个奇怪的家伙了——合作愉快！”

“合作愉快！”北宸也灿烂地笑了起来，同铃迪尔互相击掌了一下。

“啊啊，真好啊。”机关弩阿隆在一边叹了口气，“什么时候我们的主人也能说出这么有哲理的话就好了。”

“如果真的说出那种话来的话，主人一定是吃坏肚子了吧。”

“喂，玄明！我真的揍你啊！”

“哪里哪里，”素劫突然用客套的口气怪笑起来，“我们家主人虽然各方面都好，没用胆小容易捏扁，但美中不足的是那干瘪身材让我和老弟很头疼呢。”

“嗯。”阿隆煞有介事地点点头，“确实啊，看样子完美的主人难找，像我们这样完美的战器也只有委屈一下自己了。”

“对，没错！”

“阿隆！”

“素劫！”

夜幕降临的湖边，两道气急败坏的女声同时响了起来。

第四章　月震绝唱之夜（中）

渡湖计划在当天深夜进行——说是这么说，却因为月震之夜的事而中断了。

夜幕降临之后没多久，北宸便拿出了灵晶“冰原”，跃跃欲试摩拳擦掌起来，但她身边几个战器的脸色却变了。

“糟糕了，今天是月震之夜。”

黑祸看着自己的手，似乎是在确认身体状况，然后露出了有点像是大难临头的表情，素劫则是烦躁地抓抓头。

“……是啊，少许有点儿……麻烦呢。”

连向影也皱起了眉，低头盘算着什么。

北宸对此有些摸不着头脑：

“月震之夜不是战器们能力翻倍的晚上吗？而且还是每个月随机出现一天的日子——撞在今天不是很好运吗？”

“理论上是这样。”亚晔轻哼一声，“但现在对你家几个战器来说，有点麻烦。今天晚上我不能和你共同行动，我去找个旅店，向影和双子，你们来吗？”

“嗯，好的。”

向影对亚晔点点头，然后转身歉意地看向北宸说：

“主人，抱歉，今天我和双子兄可能不能陪伴在你身边了。能允许我们暂时离开吗？”

“啊，可以是可以……但是能告诉我为什么吗？怎么好好地突然就……”

“这……”

“是有点难以说出口的原因啦。”

凌霜在一边皱了一下鼻子。

“总之，我也离开好了。”

“等等！到底是怎么了啊，我说？月震之夜还有什么奇怪的隐患吗？”

但是没有人回答北宸，在亚晔的带领下，几个战器踩着有些焦急的步伐离开了，把北宸一个人晾在大湖边，只留下身为人类的亚加德，还是一声不吭地守在她身后。

看到这一幕，铃迪尔皱了皱眉后开口问：

“娅修，你的战器们……很久没磨刃了吗？”

“啊？磨刃？”

北宸将疑问的视线投向亚加德，后者立即俯下身在她耳边低语。

“娅修小姐，月震之夜和磨刃确实有一定关系的。”

“关系？话说磨刃……具体到底是什么啊？”

北宸问话的声音很轻，但还是被耳尖的铃迪尔捕捉到了，这边亚加德刚要开口回答，她却抢先一步截断了对方的话头。

“娅修，你连磨刃是什么都不知道吗？”

“啊！”

糟糕，被她听到了——北宸立即警觉起来，但铃迪尔像是并不特别在意的样子。

“果然图零部落都是些奇奇怪怪的家伙——连你也不能除外啊，就算是避世，这也太过了？算了……这不是我该管的东西。总之，我不管你为什么不知道这种常识性的东西，但我看你和你家战器感情还挺好的，这么重要的事为什么不问清楚啊？”

面对铃迪尔的疑问，北宸有点无奈地摇摇头。

“不知道，其实我问过好几次，但他们都支支吾吾糊弄过去了，看他们这么不想说，我也就……”

"你啊！"铃迪尔有点郁闷地揉揉自己的眉心，"哪怕再宠他们，常识还是得搞清楚吧！"

"但是，既然娅修小姐的战器们不愿意告诉她的话，应当是不想要她为难吧？"阿隆在一边插嘴，还伸出一只手指对着自己的主人摇了一摇。

玄明跟着点点头开口：

"也就是说，相较于自己的需要，他们更重视自己主人的感受，因此这些话题，我们这些外人还是别插嘴比较好，不然到时候弄得他们之间很不愉快的话，我们可是没办法负责任的。"

听到他这么说，就连一边想开口解释的亚加德也闭嘴了。

北宸有点脱力。

"……可是我现在真的一头雾水啊，至少告诉我大致的方向吧？他们就这么跑掉了我很不放心啊！"

"好吧。"

铃迪尔思考了一番之后突然打了个响指，大概是找到了表达的方法。

"就这么说吧，和人类有各种欲望一样，战器也是有欲望的，人类自然是希望自己吃得好、穿得好、住得好、长得漂亮、有钱、有权，还有个完美的配偶，相对而言，战器就是希望自己坚硬锐利没有瑕疵外加有个让自己喜爱的使用者咯。"

“嗯。磨刃果然就是把他们的刀刃打磨锋利——以此来满足他们的欲望？”

“差不多吧。战器体内的能量是星灵力，但平时这种力量只是作为维持生命力的载体潜伏在他们的体内，然而，如果能找到方法加速他们体内的星灵力流转——就像加速人类体内的血液循环一样——他们体内的自我修复、自我锐化的能力就会启动，一些潜能也会慢慢被激发出来。所以磨刃对战器来说是很重要的事。”

“啊——”

原来如此，难怪说磨刃可以修复战器，原理是这样的啊。

这样的话，三种修复战器的方法都明了了：晋级、星灵矿溶液、磨刃——看起来比较常用的应该是后两种。

“然后说到月震之夜，月震之夜会把战器的能力翻倍，那么他们体内星灵力自然也强上了几倍，因此，欲望长时间没有得到满足的话，也会在此时挣脱他们的压抑浮上表面，所以他们才避开你。”

北宸半懂不懂地点点头问：

“那我要怎么做？加速他们体内的星灵力运转就可以了吗？”

“是的，就是这样，具体怎么做，这是你们自家的事，我还是别插嘴比较好。”

铃迪尔边说边撇嘴。

北宸低头思考了一会儿。

加速星灵力流转，也就是加速人类血液循环一样的东西……

“我明白了！”

北宸恍然大悟地一拍手。

加速血液循环的话，不就是多运动嘛！带上他们去好好狩猎一大堆附身月使不就可以了？上一次碰到月震之夜的时候不就是在狩猎啊，那次他们就好好的——嗯，肯定是这样没错！

“谢谢你的提醒，铃迪尔！我明白该怎么做了！我这就去找他们，先失陪了哦！明天晚上这里碰面！”

她说着对铃迪尔用力点头表示感谢，然后拉着亚加德快步离开了。

铃迪尔望着北宸离去的方向，抽了一下嘴角。

“那个，我说……她想岔了吧？”

“应该是想岔了。”

“呵呵，我倒是很期待她知道真相后的表情呢——说起来，今天晚上的行动也泡汤了，不如我们也去磨个刃如何？”

“免谈！”

这边北宸快步在夜晚的街道上走着，一边用心灵沟通询问战器们的所在地——虽然被黑祸和素劫噼里啪啦臭骂了一顿，但听到北宸用坚决的口气说要帮他们磨刃之后，对方沉默了几秒还是把所在地位置报给了她。

亚加德跟在她身后，默不作声了好一会儿，但最后还是轻声开口了。

“北宸小姐，虽然我不想介入您的决定——您真的要同时替他们三个磨刃吗？我担心您的身体受不了。”

“咦？不会啊，上一个月震之夜我就同时带着他们三个狩猎来着，最近我的体力进步了不少哦，应该是没什么问题啦。”

“是吗？”

亚加德神色复杂地沉默了几秒。

“看来北宸小姐经验丰富，不愧是巫女大人。”

“啊？”

“不，没什么，旅店到了。今天我就暂时退避，我在对面的旅店，有什么问题的话可以来找我。”

“好，辛苦了，亚加德。”

“这是我的荣幸。”

骑士微笑着对她点头（行礼会被说），然后后退几步离开了她的视线。

——嗯，既然北宸小姐经验丰富的话，确实该替她找几个皮相不错的男人预备着？果然是这样比较好吧？

脑袋里想着可怕的东西，亚加德走进了对面的旅店。

“我来咯！”

北宸一脸兴奋地推开了向影所在的房间——大概是因为刚才用心灵沟通通话过的缘故，黑祸和素劫还有亚晔都在。

“抱歉，连这么重要的事都没搞清楚，我这个契约者实在太不称职了，放心，我会好好补偿的！”

“……”

由于北宸的表情太过坦然和热血，几个本来看到她都忸怩了一下的战器突然有了一种不怎么好的预感。

她该不会……完全搞错方向了吧？

“呃，主人……”向影微微红着脸，轻声问道，“你真的知道磨刃是什么了吗？”

“嗯，是一起运动吧？你们也真是的，别小看我的体力嘛，这么简单的事，怎么不早和我说清楚呢？”

她说着对战器们一挥手：

“走，一起狩猎去！”

话音刚落，向影捂住了额头，黑祸和素劫本来略有些紧绷的身躯立即一松，瘫在了沙发中，亚晔则是用“果然如此”的表情哼了一声，耸耸肩。

“搞错了啊……”

“啧，搞错了！”

“果然是搞错了。”

“不搞错才有鬼。”

“……”北宸抽了抽嘴角说，“怎、怎么这样的反应啊？我又搞错了什么？”

“我就说小泥鳅怎么一下子变得这么大胆呢。”

黑祸有点脱力地咂了下嘴。

“唉，我刚才就说别抱什么希望的吧，老弟？”

素劫一脸颓丧地拍拍自己兄弟的肩膀，然后以幼稚的动作在沙发中挤成了一团。

亚晔则是不爽地狠瞪了她一眼。

“向北宸，看样子我最近对你态度是太好了吧？这种玩笑也敢和我开？”

“不不不，我没故意开玩笑啊！……咦，堕暗种也是会受月震之力的影响吗？”

“没普通战器影响这么大,但多少还是有点儿——不准扯开话题！”

“对、对不起！”

北宸又很没出息地反射性道歉了，然后她看着一屋子战器那不怎么好的脸色，小心地再次开口：

“那个……能不能告诉我，我到底是搞错了什么？磨刃——不是加速战器体内的星灵力运转吗？”

几个战器互相对看了几眼，像是无形间做下了什么重要的决定。

然后向影认命似的苦笑着回答：

“是的，主人，不过为什么你会觉得狩猎会加速我们体内的星灵力运转呢？那只是进食而已。”

“欸，但是运动起来的话……”

“笨！我们是战器！”黑祸冷着脸插嘴，“人类会因为狩猎而疲劳，但我们反倒是因为越吃越多而精神百倍，没有消耗怎么能算是运动啊？”

“原来如此，看样子是我弄错了。那消耗的话……对了，长跑，长跑的话吃不到星灵力，就会觉得有消耗了吧？！”

“够了！真是够了！”素劫受不了似的在沙发上打了个滚，“为什么我们的主人是这么个不解风情的死小丫头啊？听好了，小泥鳅！磨刃的要点就是让战器进入亢奋状态，亢奋了，星灵力流转自然就快了！”

向影点点头：

“狩猎是不行的。若是长跑的话，要让我们的身体进入亢奋状态，大概得围着这城镇跑上十圈吧，毕竟我们可是以战斗为生的种族。所以一般来说，那个才是磨刃的最佳方式。”

“那个？”

向影局促地哼哼了几声，但最终还是没好意思说出口。

“交配——拿你们人类的说法就是这个。”

最后亚晔一脸不耐烦地开口了。

“……啥？”

大概是这话的内容太过劲爆，北宸被打击得一时半刻回不了神，直挺挺地愣在原地张着嘴说不出话来。

“交、交、交配期……”

北宸哆嗦着嘴唇，不可置信地从嘴里挤出几个字来——看样子确实是受打击了。

看到她那一脸呆样，黑祸愈加焦躁了。

“我说，看小泥鳅现在那蠢样，干脆扑上去吃掉算了吧？”

“同意，她自己送上门来的。”

“不行！主人是误解了的！……主人，还是请赶快出门吧！趁我们还有理智之前。”

“咦……连向影都！”

北宸的脸有点绿，抽着嘴角后退了一步。

“那我……去替你们找几个女人？”

这句话说出口的同时，心脏莫名其妙地抽搐了一下，一股莫名的不快涌上，让北宸立即后悔起来。

“你要是敢的话——”

“小泥鳅，别太过分哦——”

黑祸和素劫恨恨地咬牙切齿，亚晔干脆直接冷笑着露出了吸血的尖牙，连向影都对她露出了有点受伤的神色。

“对不起！我说错话了！我……我立即就走！明、明天见！”

北宸一溜烟窜到了门口，然后停住脚步。

“可是上一次月震之夜你们也没——”

“我数到三，要是你还是留在这房间里我就不客气了。”

黑祸的话音刚落，北宸立即大叫一声“晚安”，然后嗖地不见了。

房间里几个战器沉默了一阵子，然后不约而同地叹了口气。

上一次月震之夜？上一次他们之间的感情和羁绊还没到会引起磨刃欲望的阶段，但这一次就不一样了啊！

“我回房了。”

亚晔闭了闭眼，用略带疲劳的声音起身，离开。

“那我们也走吧，老弟。”

“嗯，笨蛋影，自己保重咯，实在熬不过去的话，把房间里的东西都砍碎好了，赔偿费小泥鳅会负责的——谁叫她这么折腾我们！”

“两位别担心，一晚上很快就过去了。”

向影笑了一声，将双子送到门口。

“啊啊……要是我们也能和人类一样靠自己解决就好了——”

黑祸小声碎碎念着和素劫一起走出门。

最后只剩下向影，深吸了一口气之后跑到房间内，拿出北宸给他的剑穗，小声念叨起什么来。

而北宸则是捂着红到耳根的脸，跑去了对面的旅店找亚加德。

“丢脸死了丢脸死了——呜哇啊——我怎么会闹这种乌龙啊！”

“不，不是北宸小姐您的错，是我没有及时向您解释清楚，造成了双方的各种误解，责任在我。如果您实在觉得不愉快的话，那几个战器我去替您灭口。”

“等等，我不是这个意思！”

北宸混乱地拖住了亚加德，然后委靡地蹲到地上。

“唉——这样下去该怎么办才好？”

难道每个月震之夜都要让他们忍受这种折磨吗？还是说真的该去给他们找女人？

可这么想的时候，那种奇怪的不快感再次打断了北宸的想法，让她更加心乱如麻。

奇怪——我不希望他们去找其他女人，这是为什么？

她苦着脸扪心自问：……是对战器的独占欲作祟吗？因为在一起的时间长了，所以不希望他们和别人太过亲密？

想到这里她捶了一下自己的头：这可不行啊，他们只是搭档关系，她是无权阻止对方的情感走向的，对方想要和谁磨刃，她也没这个资格过问和插手。

但是——为什么就是会觉得很不舒服啊？

“北宸小姐？”

亚加德用着担忧的表情打断了她的纠结。

“啊！没、没什么！没事的，我没关系！”

她慌乱地摇摇手，然后用力抹去了脑内那些乱七八糟的想法。

“天色不早了，我们去哪儿吃个晚饭。”

“但——”

吼————

北宸的话没说完，一声嘹亮而又让人毛骨悚然的巨兽吼声，在城市上空响起，震得脚下大地都在轻微地颤动。

亚加德立即向某个方向转头看去——是湖边的方向！

湖岸很远，在夜色中看不清具体的细节，但北宸还是看见了。

那在湖面上蠕动着的、有着巨大身体和一对闪闪发光的金色眼睛的不祥剪影。

附身月使？

第五章　月震绝唱之夜（下）

巨兽的咆哮声，在北宸和亚加德和战器们合流赶往的途中一直没有中断过。

与此同时，不时有惊呼声从四周的建筑内传出，伴随着各种杂乱的噪音，让整个夜晚的城市陷入了骚乱。

“奇怪，有点不对劲。”

向着湖边飞奔的时候，亚加德低声开口。

亚晔也边跑边注意着四处的迹象：“好像附近的骚乱不是冲着那巨兽去的。你们看，这么响的声音，路上却没什么人往湖边赶，连自卫队都没出现。”

“确实有点邪门。”凌霜一指越来越清楚的巨兽剪影，“附身月使的眼睛是红的，但这东西的眼睛是金色的，身上也没有那种蓝紫色晶体，那真的是附身月使吗？”

“……”

北宸的心情愈加凝重起来。

“不管怎么说，去看看情况吧，不过要是情况不对劲的话，大家一定要最优先保护好自己啊！”

“是！”

“了解！”

然而赶到的时候，就算是做好了心理准备，北宸一行还是不约而同地吸了一口气。

那是一只比北宸见到过的体形最大的附身月使还要大上两三倍的怪物。

在夜色中，只能隐约看出上半身有两只巨大的手臂，以及疑似人类、有着长长头发的头颅，下半身则是浸没在水中，在水光中时不时地翻搅着露出水面，形状极似鱼尾。

——简直就像是一只巨大的人鱼。

同时，它的体表质感很奇怪。外表包裹着的，不是附身月使那种皮毛或生物鳞甲，而是带着反光的坚硬物质——但若说是甲壳，它的肢体又以极为灵敏和自然的方式活动着，丝毫不见累赘迟滞之感。

此时，巨型的人鱼再次发出了刺穿夜空的咆哮声。

随着这一声，城市内的骚乱声更为严重了，远处传来各种东西碎裂、重物落地的声音，还有人的惨叫。

“到底——是怎么回事啊？”

湖边某幢小屋子的侧后方，几人掩藏好身形，北宸首先皱着眉发出了疑问。

“主人……那个东西……它在煽动战器。”

听闻向影的话，北宸一惊。

“煽动战器？怎么回事？”

“我也不是很清楚，总之它一叫，我的体内就有一种奇怪的暴力冲动在蠢蠢欲动，但不是特别严重。双子兄，你们呢？”

“嗯，我们也是，不过还好，能压下去。”

素劫看上去很不快，上前一步活动了一下自己的脖子。

“那东西竟然妄想用这种难听的叫声控制我们？真够恶心的啊！”

“也就是那些城内的骚乱……很有可能是因为战器们被这叫声所影响了？”

亚晔一皱眉，伸手唤出了镰刀。

“我去会会它，你们在原地别动。”

“什么！太危险了，亚晔，那东西这么大——”

“死抹茶不准小看我！……安心，我有分寸，我不会拿自己的命乱来的。"

面对北宸的劝阻，亚晔拍了下她的肩膀，然后一蹿跃向了湖面。

镰刀的黑色光芒，在半空划出了鬼魅般的残影，猛地撞向巨大人鱼的头颅——后者停止了叫声，伸出一只手，只听锵的一声金属对撞，亚晔的突袭被拦住了。

只见亚晔的身影在空中一个后翻，然后稳稳地悬浮在半空——对了，亚晔似乎说过，堕暗种有悬浮能力——然后他一矮身子，再次一压镰刀柄，向人鱼猛冲过去！

哧——

极为刺耳的金属间互相削刮的声音，划破了整个夜空。

亚晔再次收回镰刀后跃到空中，然后身形一晃蹿回北宸几人面前。

"怎么样？"

亚晔罕见地神色凝重地摇摇头。

"表皮非常硬，连我的硬度和他硬拼都不行。"

"那怎么办？逃吗？"

吼！

就在这时，巨响再次催化了城内的暴动，各种骚乱怒骂惨叫声此起彼伏，让北宸更是望着巨兽的方向白了脸。

"北宸小姐，那个东西，请允许我去打倒他。我怀疑他和赤月有关系。"

一直沉默的亚加德突然出声了，而北宸听到“赤月”之后再次一惊。

“和赤月有关？亚加德，你确定吗？”

“只是推测，所以我必须要去确定一下。”

北宸咬了咬牙：“你有把握吗？别做会去送死的举动啊。”

接收到关心，骑士立即欣喜地笑了起来。

“请放心，我有九成半的把握。”

“是吗。”北宸低头沉吟了一下，然后认真地点点头，“去吧，我也和你一起去！”

“主人！”

“小泥鳅，你疯了！”

自家战器立即跳了起来，而北宸则是对它们安抚似的微笑起来。

“哪里有剑去杀敌，持剑者缩在后头的道理？哪怕站在远处用灵晶帮忙也是好的，更何况，既然和赤月有关的话，我就更不能退缩了。”

“但是太危险了，现在可不是逞能的时候！”

凌霜也一脸不赞同地按住北宸的肩膀。

“我不是想去冒险，但我觉得……这个敌人，是我必须面对……必须搞清楚的对象，否则我肯定会后悔的。你们想想看，能煽动战器的存在会对整个世界的格局造成怎么样的影响？”

“明白了。”

亚加德打断了战器们的不满。

“北宸小姐的意愿就是一切，您想参战的话，请尽管参战吧，保护您的工作就交给我。请放心，我一定不会让您遭到危险的。”

见亚加德说得如此自信，战器们这才停住了劝说。

短暂地制订作战计划达成共识之后，一行人猛地从小屋边的阴影里蹿出，七道人影如同七道闪电，带着凛冽的杀气扑向了湖岸。

“开始！”

北宸跑到湖边之后和几人分开，然后同向影、双子、凌霜一起分别捏碎了手中的灵晶“冰原”，然后用力抛向了湖中，顷刻间，大片的湖水发出了吱吱的噪音凝结起来，同时迅速地向外延伸——

几人跃上了冰面向着巨兽的方向疾冲，一边向前方继续投掷灵晶，扩大脚下的站立区域，没过多久，冰面立即延伸到了巨兽的身下，甚至把那粗壮的鱼尾也冻在了冰面下！

好机会，这样他一时半刻不能在水中移动了！

当！

打头阵的，是亚加德手中的长柄斧，狂放的白光带着呼啸声重如千钧地砸下，人鱼敏捷地伸手格挡，但还是被那巨大的臂力砸得整只手臂一麻，发出了难听的尖叫声。

然后他似乎愤怒了，金色的双眸锁定了亚加德刚落地的身影，抬起手就猛地挥下——亚加德不但没有后退，而是一个前踏，挥动长柄斧迎了上去，砰的一声震耳欲聋的巨响中，他稳稳地扛住了体形是自己几十倍的巨兽的一击——巨大的压力，竟然震得他脚下那厚厚的冰层出现了龟裂！

然而，骑士并不甘于只是防御。

他双手握着斧柄一旋双臂，移开了巨兽那只手的重心，然后斧身在空中划出了漂亮的刃花，以刁钻的角度从下往上一个倒挥，斜着卡进了巨兽的指尖！

巨兽似乎发现了不对劲，停止了施力想要收手，但就在那前一秒——

“哈啊啊啊！”

骑士发出了威势万千的咆哮，一横斧身，手腕猛压，紧握斧柄向后狠狠一抽，尖利的撕扯声，伴随着巨兽的绝叫，震得在场所有活物——除了亚加德——耳朵发麻、胸口气郁不已。

他，硬生生地扯下了巨兽的一只手指！

“干得好！”

一边布置战场（用灵晶将附近水面全冰起来）完毕的亚晔，狂放地大笑了一声，赶到亚加德附近加入了战局。

另一边，手指在冰面上落地之后滑行了一段距离，正巧滑到了北宸的跟前，她蹲下身查看——实在太骇人了，光是手指就有她整条腿的大小，但这还不是最让人惊讶的地方。

“……这是……什么？”

在她身边的向影压抑着惊讶低呼起来。

是的，手指的断面和北宸想象的完全不一样。疑似精细电线一样的“血管”，有着奇妙光泽的纤维组成的肌肉，中间隐隐约约有着像是电子回路一样的细线在微微发光，光芒如同脉搏似的有节奏地跳动着，而在断面慢慢淌出来的，是金色的液体。

“金色的血？”

黑祸在一边惊叫——这个世界上有着金色的血的，不是只有战器吗？

而北宸心中的惊讶，比他更甚一分。

这是什么？明明看上去像是活物，里面却是这种……这种像是生物，但又不能确定是生物的结构？

简直像是——

“活着的机械？”

她喃喃地开口——但就在此时，巨兽的咆哮声再次响起，她猛地注意到自己现在身处战场，可不能分心，再多的疑问，也得留到战斗结束之后再去思考。

她看向巨兽的方向吸了一口气。

巨兽的利爪如狂风暴雨般向着亚加德砸下，然而后者则是面不改色，长柄斧带动一道又一道的白光向着利爪撞去，格挡开了他的攻击——猛烈的对撞声，以超乎预料的频率接连不断地响起；

而就在这间隙中，亚晔从半空中发动对他头部的骚扰袭击——每当他用尽全力对亚加德挥下爪子的时候，镰刀的黑色妖光就冲向他的颈部、眼睛，虽然躲过或是因为表皮坚硬而防御住了，但攻向亚加德的力道也随之分散了不少。

同时，绕到巨兽背部的凌霜，一个冲跳，攀着他背部的鳞片物质爬了上去——直到他爬到背部，用力抓着巨兽的头发保持平衡之后才找到机会仔细观察，他终于发现了——覆盖这只巨兽体表的到底是什么。

“喂！”他从巨兽身上对下方的众人大吼起来，“他表皮是由一层层铁片一样的东西组成的，活动的时候会有缝隙，找准缝隙攻击！”

说罢，他趁着巨兽摆动身子时，对准露出的铁壳缝隙，将枪尖狠狠刺了进去！

哧——

金色的液体猛地飞溅出来，巨兽猛然一震身子发出了惊天动地的叫声，差点把凌霜从他身上震下来，紧接着它暴怒了。

它张开了嘴，金色的光芒从它口中慢慢凝聚起来——

看到这个动作，在场所有人都愣住了。

这个动作他们都见过无数次——那是附身月使最常用、也最可怕的招数——星灵炮的前置动作啊！

北宸首先回神：糟糕，它朝向的方向直线过去就是城区！这一炮下去会死多少人啊！？

来不及多想，她一伸手，向影化作长剑来到她手中，朝着巨兽的方向疾冲过去，黑祸和素劫立即会意地紧跟上前——

“亚加德！”

“喝！”

随着北宸的呼声，亚加德低吼一声，长柄斧带着风啸嵌进了巨兽腹部的铁壳，这一击显然再次带给巨兽巨大的疼痛，它的注意力再次集中到亚加德身上，用力一爪子挥了下来，但口中凝聚星灵炮的动作却依然没有停下——

亚加德再次扬起长柄斧格挡，而脚下的冰面也再一次不堪重负地发出了碎裂的声音。

疾冲到附近的北宸看着冰面的裂痕，突然一道灵光闪过脑海！

“亚加德，躲开攻击！冰面！”

对面的骑士愣了半秒后立即明白北宸的意思，然后待巨兽再次将手挥下的时候，他用力一个后跳，跃出了巨兽的攻击范围。

砰！

巨兽的尖爪狠狠地砸进了冰面，而刚才就越来越大的裂缝，这次因为猛烈的进攻而彻底碎裂了，哗啦哗啦的水声传来，冰面裂成了无数块，而巨兽则是上身前倾，手臂因为巨大的冲力埋入了水中。

好机会！

北宸立即捏破一个灵晶冰原丢进水中，刹那间，才裂开的冰面立即再度凝结，而巨兽的一只手也被顺利地冰封在水面上！

吼——

巨兽前倾着身子挣扎起来，在它背上的凌霜此时也顺利地爬到它的头部，高高跃起，对准它颈部的空隙猛刺，亚加德上前，在亚晔的俯冲配合下，稳稳地卡住了它另一只手的活动。

而一边，黑祸和素劫分别用力压住了埋在冰面上的那只手的活动，北宸则是踏着那只手臂爬到它的身上，一跃抓上了它胸口的毛发，对准那因为大张着嘴而露出明显缝隙的铁壳，提起向影狠狠地横刺过去——嗤的一声，巨兽的侧颚被向影横着刺穿了！

巨兽再次咆哮——但可恶的是，就算嘴部受到了攻击，星灵炮准备动作还是没有停止！

“北宸！”

凌霜站在它脖子边对她伸手，她拉住对方用力一跳，也跳到了巨兽的肩部，扶着凌霜的枪柄保持平衡，然后拿出八级灵晶风炮对准了巨兽的侧脸。

“我看这样你停不停！”

说罢，北宸啪的一声捏破了灵晶风炮，刹那间，高压风柱以极近的距离撞上了巨兽的头部，一阵轻微的破裂声传来，风炮结束的时候，巨兽侧脸的铁壳已经破烂不堪，黄金色的血溅得到处都是。

嗷——

近距离的怒吼声震得北宸头皮发麻，反射性地捂住了耳朵，而就在这时——

“小心！”

一边的凌霜突然神色大变向她扑了过来，下一秒，黄金色的光柱在两人上方疾驰而过，轰在了不远处的冰面上，把整个冰面轰出了一个规则的巨大圆洞。

——它竟然将头部扭成诡异的角度，对着北宸发射了星灵炮！

在星灵炮产生的风压中，北宸和凌霜一起从巨兽身上滚落，向影在半空人形化，和凌霜一起护着北宸的身体砸到了地上。

“呜——”

落地时，凌霜发出了痛苦的悲鸣——北宸起身一看，凌霜身下的冰面上，竟然沾上了一大片血！

“凌霜，你没事吧？”

她立即在向影的帮助下将凌霜翻了个身——整个背部都已血肉模糊，有些地方甚至露出了白森森的骨头！

——看样子刚才为了保护她，他被那道黄金色的星灵炮击中了！

“凌霜，振作点！”

北宸眼眶一热，立即拿出几瓶星灵矿溶液倒在他的背上。

“我没事——”凌霜在她怀里有些虚弱地开口，“注意战场！”

轰隆！

就在这时，巨兽的方向传来奇怪的巨响，转头看去的时候，亚加德和亚晔两人竟然不知道用了什么方法，把那整只露在外面的巨大手臂给扯了下来！

巨兽暴怒地再次对着他们的方向凝聚星灵炮，而就在这时，几支巨大的箭矢破空疾驰而来，径直扎进了它的嘴部！

来帮手了？北宸向着箭矢飞来的方向看去——

铃迪尔站在岸边，双腿分开并立，双手端着一把巨大的弩，对准巨兽，露出了豪迈而又狂妄的艳丽笑容，然后她一松卡簧——刷刷刷！十几支箭矢快速且接连带着厚重而又肃杀的风声直冲巨兽而去——几支被铁壳挡开了，而几支竟然因为强大的弹射力量，扎破了铁壳，埋入巨兽的身体中！

好凶悍的机关弩！

但，北宸还没来得及对铃迪尔的援护攻击发出喝彩，又一道人影闪过她的视线来到她的跟前。

狂犬——

“格伦佘！”

“跟我来。”

他不顾北宸的惊讶一把提起了她的手臂，然后扫了一眼向影。

“你留守，看护伤员。钩爪，备战。”

狂犬理所当然地对着北宸的战器们下达命令，向影的眼神中闪过一丝不甘，虽然他明白狂犬的决定是正确的——发动突袭的话，确实是双子钩爪的攻击力胜于他。

北宸对此心里也略微产生了不快，但她也知道现在不是和狂犬唱反调的时候，只得一伸手，让黑祸和素劫化成钩爪来到自己手上。

“走。”

狂犬一闪身消失了，下一秒，他的身影已经出现在巨兽的跟前，对着那只埋在冰内的手，侧身狠狠一个重踢——手臂瞬间传来了疑似骨骼碎裂的骇人声响，扭曲成了奇怪的形态，而就在同时，又是几支箭矢怒吼着插在了巨兽身上。

巨兽的咆哮声越来越弱了，胸腹部的铁壳已经被亚加德打得所剩无几，露出了里面血淋淋的奇怪肌肉纤维，它放弃了凝聚大型星灵炮，而是从口中聚集起碗口粗的细型星灵炮，开始胡乱对着在场所有人发射！

而另一边，北宸绕到了它的侧面凝神观察，将目标对准它侧腹部一块被亚加德打得翘起来的铁壳。

她一个踏步上前，将钩爪前端的倒钩卡进了铁壳底下，然后——

“啊啊啊！”

发出了借力的大喝，她用尽全身力气一边挥动钩爪，一边向着巨兽的侧后方前踏——一阵像是皮肉撕裂的声音响起，一大片铁壳竟然就这么像是被剥皮般，从巨兽身上给撬了下来！

“干得好！”

亚晔不知什么时候出现在她附近，他大笑了一声，镰刀在空中滑出黑色的弯月，扎进了那巨兽腹部鲜血淋漓的肌肉纤维，然后毫不留情地用力一划！

嗷呜——

大片肌肉被划断，巨兽再次凄惨地绝叫，而就在这一刻，狂犬的身形突然动了。

它几个轻巧的跳跃，借着巨兽的身体，轻松地就跃到巨兽头顶的上空，然后，那矫健的身躯在月光的照耀下，像是停留在半空中一样，摆出了如同野兽一般原始凶蛮而又如同精灵般优雅自然的准备动作——

然后冲着巨兽头顶，给出了雷霆万钧的一拳！

轰！

和巨兽那巨大头颅一比细小得不得了的手臂，在此时将蕴含在其中的巨大力量，毫不留情地送入巨兽的身体。

巨兽整个躯体发出了难以用言语形容的碎裂和崩坏的声音，猛地一震之后，居然在那攻击的冲力下挣破了冰面向下一沉，而整片巨大的冰面也因为那一击，裂成了无数道碎片，哗啦一声全数崩裂分解——

远处的向影察觉得早，背着凌霜顺利地躲上了岸，亚加德虽然体形很大，身手却丝毫不笨重，他平衡感极好地在几块碎裂的冰面上跳动着，没几下也回到了岸上，倒是北宸，因为离巨兽很近，猝不及防地就因为那一击的震力，同巨兽一起滑入了水中，吃了几口冰凉的水——然后被悬浮在附近的亚晔给拉了出来。

转头去看巨兽的时候，它已经成为一具破破烂烂散软不堪的尸体漂浮在水面上，而格伦佘则稳稳地站在尸体上，面无表情地承受众人的视线。

——这就是图零部落下一任族长一击的威力！

面对这种绝对性的力量，连赞叹和感慨都显得无比苍白，除了实力无法探测的亚加德，所有人都以沉默对这份力量表示了肯定。

城市的骚动，不知道什么时候停止了。

呼喝声在四周响起，不少焦急的脚步声冲着湖边过来，格伦佘似乎是不喜欢这种混乱的场面，看了北宸一眼之后就再一次嗖地消失了，铃迪尔在对着往湖边赶的、统一着装像是军人的灵武司招手，而北宸几人也重新聚在一起，互相察看对方的状况。

而不远处某幢不起眼的小楼的屋顶上，有一个戴着铁质鬼面具、身穿华风服装的男人，面朝湖岸的方向，一动不动。

良久，从面具下传出了闷笑声。

第六章　风云四起

湖中城，一夜未眠。

那巨大的尸体被首都方向来的一大支军队拖走了，迎击巨兽的北宸和铃迪尔也被盘问，直到天亮才从城内的骑士团本部被放出来。

“啊——”

通往出口的走道上，铃迪尔暴躁地揉着自己的眼睛。

“我的美容觉！你不困吗？娅修。”

“嗯，还好。”

因为需要考虑的事太多，北宸虽然已经很疲倦了，但大脑依旧处于兴奋状态。

“不过……那东西到底是什么啊，它的血是金色的吧，连星灵炮也是……应该不是附身月使吧？之前从来没有见过这样的怪物呢。”

铃迪尔说着，神色有些凝重地拉起了自己的一簇头发。

“是啊，而且还能煽动战器……”

“嗯，我们的战器似乎还算好的，压抑住了，刚才你也听到骑士们说的了吧？城里好多人被自己缔结契约的战器给袭击了——这还真是了不得的大事哪。”

铃迪尔说着，顿了一顿。

“对了，还有前阵子的月毒症解法的事，你有听说吗？”

“啊……月毒症解法，现在不是已经全数公开了吗？”

“嗯嗯，我知道，但是在此之前，有人准备拿那个赚大钱来着……好像是什么新兴宗教来着。”

“呃、嗯……好像是这样。”

提到迦法神团，北宸的语气开始支支吾吾了。

“所以啊，”铃迪尔边走边把双手交叠在后脑勺，“最近的大事真的是一件接着一件，看样子真的是时之将至啊。”

“时之将至？”

“赤月巫女的传闻你总该知道吧？”

“呃、嗯……”

“一个多月前在拉提亚，据说出现了自称赤月巫女的人……结果十几天前，又听到阿尔卡迪亚公国出现了赤月巫女的传闻……到底在搞什么鬼啊？”

北宸心虚地抽了抽嘴角。

“不过时间正好也差不多……难道预言中的事真的会发生？”

铃迪尔喃喃道，北宸闻言神色复杂地苦笑了一下。

“算了算了！不想了！反正本小姐我捡了个不错的大便宜！”铃迪尔说着拿出口袋中代表第二轮预选赛过关的刻印灵晶，见此，北宸低落的心情也稍稍恢复：

“是啊，没想到那个骑士团团长竟然也是裁判之一，而且还挺通情达理的，竟然因为我们讨伐了那只怪物就直接给我们刻印灵晶，这下不用担心灵晶冰原不够用了呢。”

“反正预选赛也是为了选出实力和智慧出色的战士，我们都能干掉那种大家伙了，怎么说实力是足够进正式比赛的吧。”

铃迪尔自信地笑了一声，然后视线突然放到了前方。

“啊，战器们也出来了。”

“真的——向影、黑祸、素劫！”

北宸高兴地向着从另一个方向的走道走来的几个战器跑去。

“检查完毕了吗？”

“检查完毕了，一切正常，主人。”

“嘁，就说我们没事啦，还一直说什么怕我们也暴走袭击人类什么的……”

“对啊，太看扁我们了吧，我们可是近距离和那东西对殴都没有受到煽动的欸！”

三个战器一看见北宸就迎了上来，而他们身边的玄明和阿隆则向北宸身后的铃迪尔走去。

寒暄了一阵，铃迪尔突然走到北宸身边拍拍她的肩膀。

“下次见面可能就是比赛场上了哦，我不会放水的。”

“嗯，我当然也不会，好好打一场吧。”

“哦！果然够爽快！”铃迪尔高兴地笑了起来，“那么我们就在这里暂时分别吧！回头见啊！”

她后退了几步向北宸摆摆手，然后又突然想起了什么似的停住脚步。

“对了，给你几个忠告。”

“咦？”

“第一，刚才我说的那个新兴宗教的残党，似乎在暗中袭击参赛者，抢夺刻印灵晶，在首都走夜路的时候当心点，尽量不要落单。”

“……嗯，我明白了。”

“第二，小心戴着鬼面具的男人，他是悠禹国来的大人物……而且是地下势力的大人物，千万别招惹他，看到他什么都别管，跑就是了，别觉得丢脸，和这种人起冲突，任何人都会后悔的。”

“这、这么严重啊！那比赛中碰到他该怎么办呢？”

“如果他的脾气真如同传闻中这么怪的话……比赛中赢他，他应该不会生气吧？”

铃迪尔有些没底气地这么说道。

“总之你就祈祷自己别太早碰到他就是了！”

“呃……好的，谢谢你的提醒！”

北宸对她露出了诚恳的笑容表示感谢，而铃迪尔则冲她摆了个帅气的告别姿势。

“那，娅修，后会有期咯？”

“后会有期！铃迪尔……保重！”

铃迪尔带着战器离开了，北宸转身看向自家战器们：

“凌霜的伤没事吧？”

“亚晔前辈已经把他带回旅店了。主人，我们也回旅店吧，亚加德打探情报也应该差不多回去了。”

“好！”

回到旅店的时候，亚加德和亚晔果然已经在向影的房间等待北宸几人了。

北宸关上门，有些疲惫地呼了口气。

“两位辛苦了，凌霜怎么样？”

“情况不怎么好。”亚晔低声说着皱了皱眉，“用了很多星灵矿溶液，但是修复速度慢得出奇，他本人也经常陷入睡眠状态，倒是没有生命危险。”

“这样啊——”

见北宸露出自责的神情，向影在一边欲言又止。

“北宸小姐。”亚加德打断了她的思考，“有几件事想要尽快汇报。”

“啊，啊……好的，请说。”

“第一件事是，我们回收了那只巨兽的部分尸体，现在那只断臂正在亚晔阁下的储物空间内。这是非常重要的标本，我觉得尽早搞清楚这只巨兽的来头，对我们会比较有利，所以我申请暂时离开，前往拉提亚的‘踏夜铁骑’本部，对标本进行解剖和研究。

“——而且，北宸小姐体内的毒，我也不想怠慢解毒的事宜，本来是打算将您送到首都再离开的，但现在看来时间不允许了。”

“啊……”

“我也一起去。”亚晔在一边伸出手，“第一，这里的战器只有我的储物空间可以放得下那尸体的碎块；第二，这家伙搞研究什么的我不放心，我得在一边监督。”

“嗯？亚晔阁下也想参与研究吗？您若是愿意配合自然好，关于堕暗种的解剖，我们还没有一套完整的——”

“闭嘴！谁说同意你解剖了啊！”

亚眸神色阴郁地恨瞪了亚加德一眼，然后转头看向北宸。

“第二件事，因为昨天的事，战器可能得遭殃。”

“啊？”

“不是很多战器都受了煽动开始狂暴化，甚至攻击自己的契约者吗？今天混乱平息了之后，似乎对此愤怒和不安的人类占了大多数——在外面打探消息的时候，就看到有人在当街打骂战器。”

“……”

北宸默不作声地皱起了眉头。

这种状况，一次的话，还能以事故为缘由解释过去，但如果多几次呢？如果那种怪物不止一头的话，战器们会落入怎样的境地？

“第三件事，北宸小姐。”亚加德边说边压低了声音，“……那个叫凌霜的战器，在昨天的战场上，做了件奇怪的事。”

“啊？什么？”

“虽然从结果上来看，他为了掩护您将您扑开而挨了一下那黄金色的星灵炮，但从我的角度看过去，您所处的位置虽然看起来很危险，但其实刚巧在死角内，否则，我绝不可能对那攻击坐视不理。

“而他那一扑，反倒是将自己送入了危险区，因此才受了重伤。这一举动有些奇怪，我觉得还是让您知道比较好。”

“……”

北宸沉默了。

“原来……我真的没看错啊。”

向影也在一边低声喃喃起来。

“哼，”黑祸笑歪了脸，带着恶意冷哼了一声，“这回是苦肉计？”

“看样子为了吸引小泥鳅的注意，那家伙倒是什么事都做得出来啊。”

素劫也脸色不善，声音中带着浓重的嘲讽。

“唉，”北宸轻叹了一声，“黑祸、素劫，你们也别怪他了，哪怕是苦肉计，有这样的觉悟让自己受这么重的伤，也是值得敬佩的事吧。”

“小泥鳅，”黑祸皱了皱眉，“你……该不是被感动了吧？”

“很复杂，连我自己也说不清楚……更多的，是怪自己为什么还是给他留了余地吧，否则他不会做这么不珍惜自己的事，或许我不该送那条手链的。但如果真的不那样做，我又会觉得自己太过无情——结果，无论我有没有给他希望，都残忍得不得了啊。”

“主人……你……都知道了？”

向影轻声询问，而北宸轻轻点了点头。

“嗯，我知道的——他对我的态度到底是因为什么？我觉得我该找他好好谈谈了。”

屋子里陷入了短暂的沉默，空气中不安的浓度高到了让人窒息的地步。

“放心啦！”北宸笑了一声想要缓解这气氛，“我是想和他敞开心胸把所有事说清楚，这样大家都能解开一个心结。

“其实黑祸和素劫你们也别太紧张啦，抛弃成见的话，凌霜也是个不错的朋友不是吗？一路上，他已经尽量压抑脾气迁就我们了，还是很了不起的哦。当然，说是这么说，某条底线，我不会轻易放松的。”

“主人……”

“小泥鳅，你……”

见到战器们对她露出了带着点微妙又喜悦的奇怪神色，她愣住了。

——对啊，她为什么要加上最后一句话？

她在向他们解释？还是在向他们保证些什么？为什么这些事，要对着他们保证？

心里突然涌起了一阵不怎么好的预感，她脸色突然发白，然后用力摇摇头。

她可是有恋爱经验的，虽然时间不长，但也不是完全不知道那是种什么样的心情——但是，现在呢？

这假设太过荒唐和过分，她使劲地掐断了自己的推测。

“总、总之，我去隔壁看看凌霜的情况，你们就自个儿休息一下吧！”

她突然觉得会产生那种感情的自己很不堪，所以回避了那些欣喜的视线，逃也似的出了屋子，关上门，然后用力地捶了一下自己的脑壳。

从昨天月震之夜的时候就有些奇怪了，现在更是变本加厉！

“我到底在干什么？”

竟然——同时——对向影和双子——

“混账！”

她再次低声咒骂着自己，然后打断了自己的思考。

不行，不行。

太肮脏了，以后这种东西绝对不能去想——他们可是自己最重要、最可靠、最可爱的搭档啊！

吸了一口气，赶走了脑海中的杂念，她轻轻地拉开了凌霜房间的门。

第七章　心之视界

“凌霜，醒着吗？”

北宸轻声问道，然后听到从房间内传来“嗯”的一声。

“我能进来吗？”

“废话真多。进来吧。”

还能抱怨，看样子状态还不至于太差。北宸小心地带上门，走到了他躺着的床边，然后在床沿上坐下。

“背后的伤口……还疼吗？”

“……”

凌霜没有立即回话，一对琥珀色的眼睛用看不出感情的眼神盯着她的脸。

“如果你是因为我保护你而受伤这件事结果良心不安，你大可不必，这是我的苦肉计。”

“……”

完全没料到凌霜会老实招出来的北宸彻底愣住了。

“很好笑吧，我当时脑子里突然冒出了‘如果我因为你而受伤，你会不会把注意力放在我身上’的念头……现在看来，真的能成功啊。”

“……嗯，你成功了，凌霜。”

“是啊，但是成功之后我发现……这根本和我要的东西无关，真是自欺欺人。”

“哈哈，”北宸苦笑了一下，“所以你才老实告诉我？你不怕我知道这件事之后，又会和你吵架？”

“你在意我的话才会和我吵，你不在意的话，也就会一笑置之而已，就像现在这样。”

“别这样，凌霜。”

她说着凑上前去拍了拍凌霜的头顶。

“其实我很敬佩你，能为了一个人而自愿遭受这么大的痛苦。哪怕这是计策，但这份觉悟和勇气可不是假的，没错吧？”

“……”

凌霜垂下眼帘，有些委屈地撇嘴。

看到他这个样子，北宸有些心疼——但是，长痛不如短痛啊。

“凌霜，你喜欢我？”

“你别告诉我，你现在才看出来！”

凌霜用虚弱但是愤怒的嗓音低吼了一声。

“可，你确定你不是因为没办法得到而起了征服欲？那和喜欢是不一样的。”

“老子是一见钟情！别把人当白痴啊！”

“对、对不起！……咳咳，你想当我的战器？”

“能当自然好，但最重要的是——”

凌霜突然伸手，一把把北宸拉向他，然后用力将她箍在了自己的怀里。

“等等，喂！凌霜，抱就抱了，小心背后的伤，背后的伤！”

“你别乱动不就可以了！”

凌霜虽然疼得脸色发白，但就是不肯松手，死死地抱着北宸——就好像知道即将迎接自己的是什么一样，双臂绝望地颤抖着。

“最重要的是，我想要你也喜欢我啊！”

“……”

北宸小心地搂住了他的肩膀，安抚似的轻拍。

“我也是有点喜欢你的，凌霜。”

“你这么老实做什么？哪怕骗骗我也不行吗？”凌霜颤抖着声音大

吼起来，“对我只是‘有点’，但对向影，对双子，还有亚哗——甚至还有宰银岳和他的战器，你都是非常喜欢的，没错吧！况且，你说的喜欢，是那种喜欢吗？”

“……”

北宸无法否认，因为他说得没错。

“你这个可恶的女人，就因为见面那次羞辱，所以记恨到现在吗？那我向你跪回来可不可以？你知不知道我永远只能站在一边看着你和他们亲昵，完全插不上话的心情？！我到底哪里不如他们了？战斗力？血统？长相？还是对你的重视？我不甘心啊！你这浑蛋！可恶的烂人！”

凌霜越来越激动，而北宸也只能待在他的怀里，腾出一只手，轻轻摸着他的头顶。

“抱歉，凌霜。”

“谁要你道歉了啊？——呜！”

似乎是因为太激动而牵动了背后的伤口，凌霜的脸颊滑下了冷汗，紧闭着眼睛轻哼了一声，吓得北宸赶紧扶着他坐起来，解开他的衣服，将桌边一瓶星灵矿溶液倒在他的背上。

“你告诉我，到底要怎么样才能在你心中占据特殊的位置？对了，死可以吗？据说死者是永远无法战胜的呢！”

“凌霜！”

北宸皱着眉打断了他的话。

“你要是敢因为这种屁大的事死的话，我会看不起你，我会立即忘记你！”

“屁大的事？在你眼中，我的感情就这么一文不值吗！”

“不是这个问题！”

她用力按住凌霜的肩膀，止住了他激烈的动作。

“你对我的感情我收到了，就算不回应，我也没有践踏它的意思。但是，凌霜，那就是你的全世界吗？在你眼中，除了我已经什么都没有了吗？烨月种凌霜，你的视界，真的已经狭小到这种地步了吗？

“失恋的痛苦，我也尝到过，我也知道那有多不好受，但是，如果只是因为它而放弃自己的生命，我真的不能赞同！

“这个世界这么大，百分之九十九的生物你还没有接触过，百分之九十五的奥秘你还说不出其中的原理，百分之九十的土地你或许还没踏上过——不光是你，世界上任何一个个体都是这样！

“能够品尝快乐的东西这么多，为什么就偏偏要把目光对准让自己难过的地方？你要一时发泄，我没有意见，我愿意陪着你发泄，但是像这次这样自残，甚至是死——

“你要知道，死了就什么都没有了！就算我能因此记住你，那又怎么样？你能感受到吗？你还可以因此觉得快乐吗？不行吧？你连接收这些信息的心都早就腐烂成一堆铁锈了，这样真的值得？”

“但是——”

“凌霜，你是烨月种，或许不能了解那些毫无优势的普通人的苦恼吧——那些实力平平的量化种，有选择主人的权利吗？那些武力普通的灵武司，能得到高级战器的青睐吗？那些没有体质成为灵武司的普通人，他们是以怎样的心态度过每个月的星灾之夜？

“世界上有这么多人——而且是大多数——他们光是为了生存而挣扎奋斗，就已经心力交瘁了，感情这种东西，对他们来说已经是奢侈品了！和他们相比，你真的该觉得自己有多委屈多不幸吗？”

凌霜有些动容，然而口中却不肯让步。

“……你在对我说教？”

“我是在说，但没有教的意思。我只是希望你能冷静下来好好思考一下。

“凌霜，我是在告诉你，我就是刚才所说的普通人的一员。我的人生，大多数时间就是那样疲惫而努力地过来的，对我来说，生命实在太过宝贵，因为我知道维持它有多么辛苦，就算我喜欢的人不喜欢我，我也不会去践踏它。

“所以，因为感情不顺而残害自己这种事，在我眼中是过分又可恨的，如果你真的喜欢我，就不要再这么做。这次我会敬佩你的觉悟，下一次，我会当什么都不知道。”

“那你倒是告诉我，我该怎么做？我已经把所有可以用的方法都用了啊！”

“凌霜，我刚才说了，就算无法回应——”

“不要拒绝！我不想听到拒绝！”

北宸有些无奈地叹了口气。

“凌霜，何必这么固执，感情也分很多种，我无法把你当做男性来喜欢，但至少可以把你当弟弟啊。”

事实上确实如此，凌霜在她眼中，更像是个想要寻求依靠的小孩。

“……”

凌霜不说话了，只是把前额靠在她的肩上，搂着她一动不动。

良久，他才再次开口。

“你说的我都知道，我的视界太狭小了。那个吸血镰亚晔，他活过一百多年，看过人生百态，所以你才会用这么信任的眼神看着他对吧？——但是向影呢？向影的眼中不是也只有你一个吗？”

“向影是特别的。”

北宸毫不犹豫地这么说道。

“对他来说，我是他存在的意义，而对我来说——虽然我从来没有说过——其实他是在我人生最疲累没有干劲儿的时候，给予我曙光和温暖，拯救我的人。只有他，我可以什么都不去计较，什么都不去在意，只要他留在我身边就好。”

“——那双子呢？你可以割舍他们吗？他们对你的态度不也是恶劣

霸道，为什么你就这么纵容他们？”

“如果不是他们，我就不会成长得这么快，他们虽然是恶棍，却能让我在最疲劳的时候也保持心情轻松，就算再怎么绝望，想到他们和我说话的语气和表情，我就会充满干劲儿。其实我真的很感谢他们——温柔的暴徒，说的就是他们这样的人吧。”

“……结果，只有我在你眼中没有任何优点？”

“不会啊。”北宸笑着拍拍他的肩膀，“像现在这样撒娇，我就觉得很可爱呢。”

“你这女人，想打架是吧？！”

“别气别气——你的优点，我觉得是‘骄傲’。”

“那能算是优点吗？你是在找碴儿吧！”

“听我说完啦。你因为我而饿肚子差点死亡，但是没有和我提起过一句以此来当借口的话；用了苦肉计，却会觉得不舒服而告诉我真相，也从来没有想过利用我的同情，对吧？你不觉得这种‘骄傲’很有格调吗？”

“……你是认真地这么觉得？”

“嗯。”北宸说着用力点点头。

“也就是，我在你眼中还是有魅力的没错吧？我……还有机会的，没错吧？”

“这，不……凌霜……”

向影和双子的笑容突然滑过脑海，她用力地咬了一下牙。

“凌霜，我无法以身为女性的身份喜欢你，对不起。”

“……”

凌霜抽了一口气后僵住了。紧接着，北宸感觉到肩膀传来湿湿的触感——他哭了吗？

她叹了口气之后轻轻地搂着他，陪他一起陷入了沉默。

时间就这么一分一秒慢慢流逝过去了，而凌霜那颤抖的身躯，也终于慢慢平静下来。

不知道过了多久，凌霜才哑声再次开口。

“那你有弟弟吗？”

“咦？”

“你不是说可以把我当你的弟弟吗！弟弟你总没有其他的吧！是唯一的吧？”

“是，确实没有啦……凌霜，你……”

“既然其他位置都被占了，你的心肠又硬得和石头一样，那我能怎么办，只能勉为其难地捡个亲人的位置了吧……可恶！”

“傻瓜！”北宸笑了起来，用力拍了一下他的后脑勺，“你真够狡猾的！我对亲人这个称呼没有抵抗力啊。”

“……那……以后我叫你……‘姐姐’……可以吧？”

“嗯，可以啊！”

“不准再让别人叫你姐姐，路边的小屁孩也不行，谁敢这么叫我就去踢谁屁股！”

“呀，这就没必要了吧……你和小孩子计较什么……”

“我做错事不准生气！我不爽的时候要过来哄我！我饿了要帮我狩猎！”

“明白明白。”

北宸有些哭笑不得地连声答应着。

……很奇怪地把凌霜放在这个位置上之后，对他的那些残存的不满似乎就烟消云散，只剩下一种莫名的——温馨感。

也是，有这么个臭屁的家伙在身边撒撒娇，说不定也挺开心的。

一切都说开之后，凌霜似乎也放开了心结，把脑袋枕在北宸的大腿上像小猫似的蹭着，而北宸似乎也一下子有了当姐姐的自觉，小心地替他检查背后的伤势，再倒了些星灵矿溶液上去。

“呼，好像……轻松多了。”

凌霜享受着北宸的伺候，轻声说道。

“嗯，这样就好，那就别再露出那样的笑了啊。”

“……什么？”

“唔，怎么说呢，就是我送你手链时你的那种笑……因为完全看不透你在想什么，有点恐怖。”

“哼。”凌霜皱着眉轻哼，“也不是什么大不了的事……就是在想要不要把那串手链熔解了，然后铸到自己的身体上去——”

“别想那么奇怪的东西啊！”

门外，向影大大地松了口气，转头看向身后的几个战器。

“看样子主人是解决了。”

“嗯，‘弟弟’的话倒是可以接受。”黑祸边说边挖耳朵，“我们也没有这么小心眼儿啦，不过……”

素劫表情怪异地接口：“弟弟欸，最能理所当然撒娇的职业吧，那小子真狡猾！真好啊，这样我们也得给自己弄个位置讨点福利吧？”

“嗯。”向影像煞有介事地点点头，“那我就是‘哥哥’了吧。”

“那我是‘死党’！怎么样老弟？”

黑祸高兴地大叫，结果被素劫拍了一下。

“死老弟你真笨，‘知己’的撒娇几率更高吧？”

“哼，一个一个都想着撒娇，没出息！”

亚晔在一边冷笑了一声。

“如果是我的话肯定是——”

“奶爸！”

“奶爸！”

结果向影和双子不约而同开口了，亚晔的脸上立即暴出了一道青筋。

“奶爸你们个鬼啊！皮痒了是不是？谁允许你们这么放肆了？”

“……看，果然是奶爸吧？”

“素劫！”

向影干咳了几声，然后看向亚加德。

“那么，亚加德你呢？你想——？”

“定位这种东西，是北宸小姐自身才能决定的。”

亚加德面无表情地开口。

“不过如果一定要问我自身的意愿的话，我希望我的位置是‘战器’。”

“……”

“……啥？”

屋内，凌霜鄙视地看了门的方向一眼：

“那群笨蛋，偷听好歹也收敛点，你到底喜欢他们哪里啊？”

“……”

北宸无言以对，只是带着囧和喜悦混杂的心情，无奈地笑了起来。

第八章　所谓红颜祸水

北宸和凌霜谈心后，次日。

“那么，我走咯？要乖乖地养伤知道吧？”

北宸一边整理床头柜上的东西，一边叮嘱凌霜。

“星灵矿溶液放在这里，不舒服的话立即用哦，还有——”

“知道了，知道了，你是我老姐，不是我家星灵矿吧？”凌霜一边看着手中的书，一边不耐烦地对她挥挥手，像是在赶人。

“这家伙。”

北宸笑了一声之后，摸摸凌霜的头，然后离开了他的房间。

旅馆的客厅，其他几个战器还有亚加德都在，似乎在等待北宸。

“北宸小姐，我差不多要离开了。”

“啊……是说回‘踏夜铁骑’的本部吗？嗯，我要不要也一起去看看比较好呢……”

“不，有些东西北宸小姐看到之后一定又会很难过的，如果想要去的话，请容我先去清理现场，然后再迎您进入。”

北宸抽了抽嘴角。“既然知道我看着会不舒服，那就不要去做啊。”

“但是拜此所赐，我得到了走在世界最前沿的知识。就算是北宸小姐无法接受的事，只要结果对您是有用处的，我就会去做。”

骑士面不改色地这么说道，脸上依旧没有愧疚之情——让北宸看着一阵脱力。

“算了，你以前做的事都已经做了，埋怨也没用，既然你得到了知识，好歹也补偿被害者一下吧。而且今后，还是别做那些有可能会让我不愉快的事了，好吗？”

“是的，我明白。”

亚加德浅浅地行了一礼。

北宸又转头看向亚晔：

“亚晔，监督他的工作就交给你咯？”

“放心，我不会允许他有半点乱来的。等武斗大会正式开幕时，我们就会回来和你们会合。”

亚晔自负地邪笑了一声。

“那么我们走了，自己保重，要是回来的时候看见你们谁缺了一块皮，小心被我吊起来打！”

然后不等北宸回答，亚晔径直出了门，亚加德也郑重地对她行了个礼，然后退步离开了北宸的视线。

最后屋子里只剩下北宸和自家三个战器。

“啊，真不爽，人多的时候嫌烦，走了又觉得有点冷清。”

黑祸歪着嘴抓抓头发，素劫倒是轻笑了一声。

“确实啊，不过老弟，这样一来咱们就可以霸占小泥鳅了不是吗？”

“哦！对哦，老弟，你真聪明！”

“……”向影干笑了一声，然后看向北宸，“主人，接下来你有什么打算？”

“本来是想直接进首都的，不过凌霜的伤不方便移动，咱们等他修复完毕再说吧，这些天就暂时在这湖中城住着好了。”

“好的……不过奇怪，为什么他的伤修复起来这么慢呢？虽然确实伤得很重，但都用了这么多瓶星灵矿溶液了啊……”

面对向影的疑惑，北宸也歪着脑袋思考了一会儿，然后一拍手：

“会不会是因为那个巨兽的缘故？你看，它的星灵炮是黄金色的，和附身月使的星灵炮不一样呢，或许被那种星灵炮所伤，伤口就会修复得比较慢？”

“嗯，主人说得有道理。”

“这种东西就别管啦。”黑祸勾住了北宸的脖子，“反正虽然慢了点，他确实有在修复，那就好了吧？我们现在阔了，也不缺那点星灵矿溶液了吧？”

“就是就是，那种事，等亚晔和笨骑士把研究成果拿回来不就清楚了，与此相比，多关心关心自家英俊可爱的战器才是啦。”

素劫一边说一边捏着北宸的脸轻轻掐了一下。

向影也像是想起了什么似的：

“这样的话，主人要不趁这几天休息一下？再下去就是比赛了，主人说不定会很劳累呢？”

“不。”北宸摇摇头，“我得趁这时间去打探一下迦法神团的事，哪里有时间休息啊！”

“别这么自虐好不好啊，小泥鳅？”

黑祸又弹了一下她的脑门儿：

“迦法神团的事，鲁伊不是说了他会搞定的吗？而且笨骑士也说了他有派出暗探去查清楚，你这样贸然去打听，反倒会打草惊蛇，坏了他们的事吧？”

“呃……”

因为黑祸说得很有道理，北宸不由得理亏地干笑了一声。

“那……那去调查关于‘那个’的事吧！”

“那个”说的自然是赤月巫女——北宸说着从向影的储物空间内拿出了那本记载着古代遗迹的书，翻了起来。

“欸，太巧了，首都北部的山脉深处就有一处遗迹！”

谨慎起见，北宸把交谈换成心灵沟通频道，然后有些激动地叫了起来。

“那我们就趁这几天去调查一下吧，不过主人真的不需要休息一天再行动吗？主人已经好久没有好好休息过了。”

“解决目前那些头大的麻烦事之后，想怎么休息都行，不是吗？既然决定了就出发吧！”

“唉……小泥鳅你什么时候能风雅一点，比如说带着自家战器去游山玩水，或者是听听音乐上上床什么的……”

“等等，前面几个我都可以答应，但最后一个是什么？”

“嘁，小气，笨蛋影你也抱怨几句啊！”

“呃，我倒是无所谓啦，能跟在主人身边，无论是身处花园还是垃圾堆，我都会觉得很开心的。还有，怎么能说主人小气呢！主人只不过是没时间陪着我们过悠闲的日子，也有一阵子没帮我们狩猎，最近还经常被其他人抢走注意力而已！”

“等等,那就是在说我小气吧？向影……抱歉抱歉,我委屈你们了。”

北宸边在心灵频道说着，边认真地对他们三个双手合十像是在保证。

“这样吧，调查完那个遗迹之后，我们去首都好好玩一圈吧！既然是首都，应该有很多娱乐设施才对！玩儿完之后的星灾之夜，我一定努力让你们吃个饱！”

“哦，小泥鳅这可是你说的，不许反悔哦！”

“反悔的话，下一个月震之夜就有你好看的！”

“咦！不……不用这样吧！”

边在心灵沟通频道说着没营养的话，北宸边戴上了头盔和假发，几人走出了旅店，向着星架大桥的方向而去。

半小时后，他们站在了首都城门的入口处。

“哇噻——”

就算是在心里提醒过自己不要大惊小怪，北宸还是压抑不住地轻轻赞叹起来。

“虽然和赫阳国首都阿扎那尔的繁华度似乎是差不了多少，但建在山上的城市，怎么觉得格外有威严啊……”

几人的眼前，是宽阔的迎击星灾的广场，再后面则是错落有致的各种房屋和十几米宽的无数台阶，层层叠叠从低到高覆盖在整座山脉上，一直延伸到视线的尽头。远处，有着白色的漂亮巍峨到几乎高耸入云的建筑——如果没猜错的话，应该就是皇宫吧。

“主人，是边走边观光呢，还是穿过首都直奔目的地？”

向影边说边拿出了一本封面写着《格鲁贝西亚导游手册》的书，眼中闪着有些期待的光芒。

“如果是想观光的话——”

“啊，扫你的兴很抱歉，不过还是正事为重，直奔目的地吧。知道这附近有遗迹，不调查清楚的话我会很挂心的。”北宸干笑了一声，拉住了向影的手，“别露出这么失望的神色啦，回来之后，这本旅游手册上所有向影感兴趣的地方，我都可以陪你去的哦！”

“主人——！”

向影感动地看着北宸，但马上，黑祸、素劫不满了。

“那我们呢！小泥鳅你别太偏心啊！”

“呃，没偏心啦，当然你们和向影是一样的啊。想去哪里我都奉陪！”

“哦这可是你说的！我们最感兴趣的地方当然是床了！”

“咦！还……还能这样吗？早……早知道我也……”

“笨蛋影你不要真的露出这种后悔的表情啦，你看小泥鳅那张绿掉的脸就知道我们是在开玩笑吧？”

“……”

几人吵吵嚷嚷着又上路了。

大概是运气实在不怎么好，才在首都中穿行十几分钟，几人又碰到了突发状况。

就在北宸带着战器们一边快步走一边用余光观览首都景色的时候，突然一个黑影砰的一声摔倒在她的跟前，把她吓了一大跳。

凝神一看，是一个有着丝缎般黑色长发穿着华风服装的人形——星灵力探测有反应，是战器。

此时，那个战器横着摔在北宸的脚下，全身轻微地抽搐着，没能爬起来——像是受了重伤。

“喂……喂，你没事吧？”

周围一下子围上来了很多人，但愿意蹲下查看的似乎只有北宸一个，虽然有人轻声低呼“他怎么了”之类关心的话，但也有人在轻声说着“量化种而已，管他做什么”之类的话嗤笑北宸，而且后者竟然占了多数。

北宸没空理会周围的冷嘲热讽，才一蹲下，她就闻到了一股熟悉的暗香——是战器的血腥味，再一摸对方身上，几乎整件袍子都湿湿的，像是被血浸透了！

“你还好吧？向影，溶液！”

她扶起了对方的身躯，将一瓶星灵矿溶液倒在似乎伤得最重的侧腹部。

“能听到我说话吗？你的主人呢？”

“呜——”

对方从鼻腔里发出了细小的哼声，然后慢慢转过脸，黑色的长发滑下，一对墨色的瞳孔对上了北宸的眼神。

在场所有人都抽了一口气。

“老——老天——”

看着躺在自己臂弯中注视自己的那张脸，北宸呆呆地叫了起来。

“真……真的有能用《洛神赋》来形容的脸欤!

“宇宙终极霹雳无敌闪灵梦幻沉鱼落雁闭月羞花翩若惊鸿宛若游龙电死人不偿命拳打芙蓉脚踢玫瑰牡丹花下死做鬼也风流绝世大大大美女！”

怀中那绝美的脸因为北宸暴出的一串赞扬之词愣了几秒，然后哧的一声笑了出来。

“呜哇啊！”

北宸拿一只手遮住了自己的眼睛。

“别……别笑了！我快被闪瞎了！我的心脏！”

结果就是那个战器反倒笑得更欢了，然后伸出一只手搂住了北宸的脖子，悠悠开口：

“谢谢这位小姐的救命之恩。”

刷刷刷!

瞬间，无数嫉妒的眼神扎在了北宸的身上——北宸立即抽着嘴角打了个抖：

“那个……这位美女姐姐,我,我也是女生啦……你这个动作……”

一边的向影和黑祸、素劫露出了古怪的神色，但还没来得及开口，注意力立即被人群的骚乱给吸引过去了。

美女对着北宸忽闪了一下长睫毛，委屈地垂眸：

“小姐是嫌弃我的血弄脏了你的衣服？”

“咦？没有！绝对没有，你抱……你抱就是了！想抱多久都可以，我是专业级抱枕！”

“噗！”美女的脸上再次绽放出了绝美的微笑——于是北宸立即再次被闪得晕头转向，连东南西北都分不清楚了。

“那边！那家伙在那边！”

就在这时，围观人群外围响起了呼喝声，过了几秒，几个人冲开围观人群挤了进来，然后用力盯着北宸怀中的美女战器。

“你这家伙，好大的胆子，竟然给我跑路！看样子苦头没吃够啊！”

为首的一个满脸胡碴儿的中年人恶狠狠地对美女一吼，美女立即在北宸怀中抖了一下，然后抬头求助地看向北宸。

“小姐，请再救我一次，拜托了，我的积蓄有三百万多瑞，我愿意全部给您！”

“……”

由于这一幕太过有戏剧色彩，甚至带上了即视感，北宸从美色中回神了，她没有立即回答，只是轻轻皱了一下眉。

“拜托了，他……他硬逼我和他磨刃啊！”

美女这回脸上露出了焦急，紧紧抓着北宸的袖子，楚楚可怜的神情格外惹人怜惜。

但越是这样，北宸心中的警铃却越鸣越响。

不对劲儿。太巧了，巧到有点假。这一幕，怎么看都不太像是真正的事故，而更像是——演戏吧。

“磨刃？”

没想到的是，北宸没有说话，向影却在一边皱着眉头低喃起来。

“这也太过分了吧？”

北宸一惊，愣愣地抬头看着向影。

“是啊是啊……这种东西怎么可以硬逼，还因此把人打成重伤……这老头有多欲求不满外加变态啊。”

“小泥鳅，你不是很喜欢管闲事吗？这回管不管？”

紧接着，黑祸和素劫也开口打抱不平。

——这回北宸是彻底从美女对她的冲击中清醒过来了，一丝冷意涌上了她的心头。

……是吗，原来如此。

一身是伤的美女，追赶美女的恶人——如此老土的事情发展，他们就真的一点儿都没有怀疑这个事件的突兀和蹊跷吗？他们就没有考虑到“红颜祸水”可能会给他们带来多大的麻烦吗？他们竟然——竟然不管北宸会可能遭遇怎样的麻烦，甚至都不考虑一下是圈套的可能性，就一致帮着她怀中的美女要求北宸出面？

生物对于美的追求本能，可以让一切都在顷刻间被毫不留情地摧毁！

这种带着魔性的美貌，连她身为女性都无法抵挡，别说身为男性的向影和双子了。

面对这种绝对的美貌，什么羁绊？什么感情基础？什么回忆？根本是苍白得不堪一击，简直就像是笑话一样啊。

然而下一秒，北宸又因为这种嫉妒唾弃起自己来。

他们只是自己的搭档，她有什么资格过问他们对美貌事物的偏好？

要说更过分的，明明是对他们有了这种奇怪的独占欲的自己才对吧！

但明知道这样——明知道这样，不快和委屈还是一下子占据了她的思考。

“我知道了。”

北宸压抑住心中的酸楚，小心地把美女放在了地上，然后站起来，正对着那个疑似是美女主人的中年男人。

对方正一脸不善地看着她，他身后还站着三个粗壮的疑似打手的大汉和三个战器女子。

“怎么，小姑娘，你想管闲事吗？”

“……”

北宸没有回话，只是用星灵力探测了一下眼前四人的实力，然后她歪了下嘴角。

“对，我想管闲事。”

“哼，别搞错了！这家伙是我的签约战器，你凭什么插手？你不知道插手签约主从之间的事是违反律法的吗？”

北宸愣了一下，但马上周围就有人冷笑着替她解围了。

“喂喂喂，搞错的该是你这边吧？你硬逼人家磨刃，律法上这条罪名更重，而且战器方有权因此要求解除契约的哦。”

美貌果然非常好用，刚才人群之中还有嘲笑北宸多管闲事的，现在几乎所有人都一致站在了美女这边。

心更凉了一分，北宸面无表情看向那四人。

“看来这样我就不用客气了。”

她压低了上身，与此同时向影和双子也做好了战器化的准备，但是——

噗咕！

在众人都没有回神的时候，一阵皮肉受到重击的声音响起，北宸的身影已经跃到其中一个打手的跟前，掌根对着对方的脖子一个从下而上的直击，对方立即被打得一口气梗住，紧接胸口挨了一记重重的肘击，砰的一声就向后倒下，捂着胸口颠簸着双腿哼哼起来。

人群吸了一口气——她没有用任何战器，两秒间放倒了一个低级圣灵武司！

中年男人愣住了，另外一个打手倒是猛地回了神，伸手召唤附近的战器——但是在此之前一秒，北宸弓身、弹跳、侧身提腿一个重踢——啪啦一声骨头碎裂的声音，硬是把刚来到他手中的战器踢得离手，掉在了地上！

下一个瞬间，北宸“啪”一声踩住了那把掉地的长剑：

“别蹚浑水。”

然后抬脚一勾，那把长剑刷地在地面上滑出去老远，然后变回了少女的人形，神色复杂地看着北宸。

“你这小丫头别太得意了！”

身后响起了风声，北宸侧身就着风向躲开了斧头的一劈，转身对上了第三个打手。

“主人！”

“喂，小泥鳅，你在干吗？”

向影大叫了一声，持剑上前想要助阵，黑祸和素劫更是纳闷：她为什么不示意三人中任何一个战器化？

但北宸完全没有回应他们的焦急，甚至给出了“别动”的手势，转头继续迎上——

砰！

第三个打手被撞得趺趺撞撞，向中年男人的方向扑去，中年男人猝不及防和那打手撞成了一团，还没来得及爬起，北宸已经起跳，然后狠狠地踢在了他的肩膀上！

啪！

“呜啊！”

中年男人的惨叫，混合着骨裂的声音，和周围人群的起哄声一同响起，北宸跳回了人群中心的空地，对着躺倒在地的四个人丢出了四枚大恢复灵晶。

——她后悔出手太重了。

因为她知道，她与其说是打抱不平，更像是在拿他们几个出闷气！

真是够可笑！

而就在她皱着眉自我厌恶的时候，周围人群的议论声更大了。

“看见没，看见没，我就说这么出色的是图零部落的没错吧？”

“欸，图零部落还真的可以不依赖战器就这么厉害啊……我还以为只有狂犬一个可以这么样呢。”

“个子这么小，打起来一点都不含糊啊。”

“啊，说起这，我想起来了！前天那个湖边的怪物，好像是她打败的！”

“不是吧？你看见了？我怎么听人说是狂犬打败的！”

“我当时就在首都湖岸边啦，我真的看到了！没错——她和狂犬都有份儿，哇！超级惊险的，她竟然敢爬上那东西的肩膀上去砍那东西的嘴欸——”

“真的假的？”

人群的议论越来越放肆，北宸忍不住环视了一圈儿——随即议论声一下子变小了。

因为隔着头盔，人们无法观察北宸的眼神，只能透过她那毫无笑纹的嘴角来推测她大概心情不太好，有人不着痕迹地退了一步。

“哇，真酷——”

人群中有男性冲着她调侃地吹了个响哨。

“冷面热心肠，简直和小说中的神秘独行侠一样啊，哦哦，帅呆了！”

北宸懒得理会这些声音，转头看向自家三个战器——还有躲到他们身后去的美女。

“满意了？”

话一出口，北宸就因为自己口气中的嘲讽后悔起来——向影瞪大了眼睛，不可置信地看着她，黑祸和素劫也立即冷下了脸。

她张了张口想要道歉，但一眼瞥见美女站在三个战器身后，对她意义不明地微笑着，一股无名火立即再次在心中烧起，她转身，径直用杀气吓开了人群，快步离开现场。

“主人——！”

向影低吼了一声追了上去，而黑祸和素劫对看了一眼，突然同时笑起来，然后也快步跟上，美女被留在人群之中，本来有几个人想要上前搭讪，但看到她的眼神之后却又吞着唾沫后退了，最后，人群只能眼睁睁地看着她追着北宸和三个战器的身影离开。

“没戏看咯！”

不知道是谁叫了一声，人群一哄而散，只剩下四个被北宸打伤的人，在战器的搀扶下，用北宸丢下的大恢复灵晶在治疗自己的伤。

那个似乎是美女主人的中年男人望着北宸离去的方向，居然发出了低笑声。

——可惜没有人听到。

“主人！”

拐到了一条人烟稀少的小巷，向影追上了北宸，一把拉住她的手腕。

“主人，你怎么了？为什么突然——”

“没什么。”北宸哑着嗓子摇摇头，“不是你们的问题，是我自身的问题。”

“不，主人，我觉得你好像误会了什么——为什么你会说那样的话？”向影的表情看起来也不好受，双眼中满是受伤的神色，压低声音询问。

“抱歉，向影，是我不好。”

“主人！”向影无奈地低吼，“我想知道你这么说的原因！”

“……”

“原因你真的不知道吗，笨蛋影？”

跟上来的黑祸笑着哼了一声，素劫上前安抚似的拍拍向影的肩膀。

“安啦，安啦，小泥鳅会发脾气我们应该高兴才对。”

“什么？素劫兄，你到底是……”

“这位小姐是在吃醋吧？”

又一道声音响起，那个美女也追了上来。

“吃醋？”

向影有点不信，转头看向北宸。

“主人，你吃醋……了吗？”

被说中了心事，北宸有点无地自容地侧身，避开他们的视线。

“嗯，多半是这样。”美女上前走到北宸跟前，低头，双手捧起她的脸，把她的脸硬掰向了向影和双子的方向。

“啊啊你们三个，竟然一起重色轻主帮着这个美女姐姐说话，怎么不想想这有可能是个圈套，你们家主人也有很多需要顾及的地方啊——这样？”

被美女准确地说中了心事，北宸恼羞成怒地用力一摇头，挣开她的手。

美女却不在意地笑了笑：

“都说女人嫉妒的嘴脸是最丑陋的，果然如此……亏我最开始还觉得你挺可爱的呢。”

“够了！”

北宸有些厌倦地叹了口气。

“就算我嫉妒你，也不代表你能站在受害者的立场上批判我什么，长期接受着惊艳目光的你，没办法理解女性面对你这张脸所产生的无力感和自卑感，你以为我一开始就想嫉妒你的吗？要不是之后发生的事让我寒心，你以为我喜欢放任自己这种情绪吗？”

美女愣了一下。

“更何况，我再怎么嫉妒，我对你说了什么做了什么吗？我甚至还不惜惹了事端救你，你凭什么只是因为遭受到了嫉妒而这么说我？长着这样一张脸，却连这种程度的恶意都承受不起的话，那为什么不戴面具出门？更何况，你确定你没有特意煽动他人的嫉妒吗？”

“……”

所有人都沉默了，而北宸叹了口气看向三个战器。

“对不起，是我太冲动了。我也不想让你们看到自己阴暗的一面，但是一时忍不住就……”

“好啦，好啦。”

黑祸笑着上前弹了一下她的脑门儿。

“别闹别扭了，嫉妒就嫉妒呗，普通人谁没有那种情感？有什么不好意思的，我还经常嫉妒笨蛋影呢。”

“对啊，小泥鳅，你嫉妒了就说明你重视我们。”素劫说着，怪笑着看向美女，“只不过啊，就算要吃醋，你吃这家伙的醋也太不值得了点。”

“咦？”

“主人，你真的……是在吃醋？”

向影还是有些不信地看着她。

“呃。”

“主人……”

“是……是啦！”

北宸跺了下脚。

“我就是吃醋了怎么样？来咬我啊！”

“太好了！”不知道为什么，向影反倒高兴地上前一把将北宸搂在怀里，“太好了，原来主人是‘会吃醋的女神’这一类型的，我还以为是‘不会吃醋’这一类型的呢！”

“你心目中的女神竟然还是分类别的吗？向影。”

“不过，”向影松开了北宸，“主人你为什么要吃这位的醋？吃醋的话，不是应该吃同性别的吗？”

“呃，因为你们——等等，向影，你刚才说了什么？”

“咦？我……我说什么了？”

“所以说喽，”黑祸耸耸肩，“笨蛋影是奇怪你为什么要吃一个雄性战器的醋啦。”

“雄性？”

北宸几乎原地跳起了半米高，然后颤抖着手指指向正对她微笑的美女：

“你说‘她’是……雄……雄性？”

“说起来，我还没有自我介绍呢。”美女依旧微笑着，不过脑门暴出了一道青筋，“我的名字是长鞭笑罂，七痕，量化种。性别是雄性——别看我这样子，其实我是很讨厌被人误认为女性的呢。”

“等等，你这样子被误认为是女人一点都不奇怪吧？”北宸怪叫着蹲在地上，“搞什么啊！吃一个男人的醋，我真是蠢毙了！”

“原来如此，主人把他当女性了啊。嗯，确实，人类只能从外表辨别战器的性别呢。”

向影有些失笑地把她拉了起来。

“请放心，主人，战器没有同性恋的，就算对方是女性，我不是早就说过了吗，在我眼中，最锋利的永远是主人，你该更相信我们一点啊。”

“我、我知道啊……我这不是自卑吗……他长得太漂亮了啊！”

“可是他身高比你高出很多啊，小泥鳅。”

素劫指指美女——不，美男。

“而且嗓子听起来也不像女人吧？”

“……”

好像确实是这样没错，他的嗓音是中性化的那种，身高也比北宸高出了不少，现在冷静下来一看，整个骨架确实是属于男性的体形。

“我在干什么啊……”

北宸气恼地捶了捶自己的头，然后又突然想起来了什么：

“那你们干吗要我替他出面啊？”

黑祸耸肩说：

“因为他的主人是男性，而且明知道他也是男性，却还硬逼他磨刃啊。要知道，战器的性别观念可是非常清楚坚定的，这种事的过分程度在战器眼中就和硬逼着人类去和动物交配一样。

“这种事，就算在哪里，公理都在咱们这边，你尽管打抱不平也没事的，就算事件闹到了官方，也不会有人偏向对方。”

“这样啊。”

“当然最主要的是这家伙的脸。”

素劫拿下巴指了指美男。

“这家伙虽然是量化种，但却是很罕有的‘魅灵附加’型啊，这种类型很可怕的欸，宁愿得罪那些追他的人，也别得罪这家伙比较好哦。”

“有……有这么可怕？”

北宸突然回想起围观群众的态度变化——原来中间还有这一层原因啊。

“那‘魅灵附加’是什么能力啊？”

“就是那种能靠一句话祸国殃民的东西啦，光一张脸就能迷惑人类的心志，用来煽动战争是再好不过了。”

“呜哇——”

北宸抽着嘴角，用眼角的余光偷偷看了美男一眼。

“我好像已经得罪他了，怎么办？”

“是呢。”美男——长鞭笑罂慢条斯理地踱步到北宸的跟前，动作轻柔地抬起她的下巴——不知道为什么，北宸突然感到了被蛇缠住的可怕寒意。

“你已经得罪我了，怎么办？”

“我道歉！对不起，都是我不好，我就是那宇宙根源的极恶物质渣渣集合体！”

北宸很没出息地瞬间妥协！——这回就连向影也跟着双子一起抽了抽嘴角。

笑罂愣了一下，然后大笑起来。

“道歉有用的话，世界上就不会有战争了呀。嗯……我想想……对了，帮我晋级到九耀等级，我就原谅你，如何？”

“咦？你刚才说……你是七痕没错吧？”

“是啊，我现在和原主人闹翻了，你可得负起责任哦。”

“等等，是你请我帮忙的！你当时还说要给我三百万多瑞的！”

笑罂微笑着伸手摸着北宸的脖子，顺利地让她掉了一地鸡皮疙瘩。

“不好意思，刚才风声太大，小爷我没听清？”

“你刚才的话里混进了很奇怪的词啊。”

“嗯，看样子只能去找这个国家的王玩玩了，你们是参赛者吧？”

“等等，等等！有话好好说！”

美男继续温柔地微笑：

“总之，你答应呢，还是不答应呢？是或不是，快一点决定，不要和姑娘一样，婆婆妈妈的很难看哦。”

“……呃，那个我本来就是个女的……”

“嗯？”

“我是男的！对不起，我骗了大家，其实我是个男的！”

向影继续抽嘴角，而双子同时捂住了自己的额头。

“那个，主人，实在不行的话还是答应好了，不管怎么说，结识有魅灵附加的战器是没有坏处的。”

北宸哭笑不得地看着向影：“可是我们接着要去的地方……”

“嗯，要去的地方？”

美男立即抓住了北宸话中关键的部分。

“对不起，那个真的不能说，也请不要跟踪我们啊。”

就算笑罂眯起了眼睛威胁，北宸还是绿着脸坚决地拒绝了。

“好吧。”笑罂有些无趣地放开北宸，后退了几步，“我住在红鹿酒场三楼的南套间，办完事要来找我哦。武斗大会开始之前要是你没出现的话，我保证你会被取消参赛资格的。”

“啊？等等！”

不顾北宸的阻拦，美男对她风情万种地一笑之后离开了。

“怎么觉得我们好像落入什么圈套了？”

北宸垂下肩膀，无精打采道。

黑祸点头道：

“同感，很有可能，那些来找麻烦的人反倒是被他控制住的。”

“咦？”

“所以我说别得罪他啦！你看，现在又惹上麻烦了吧！”

素劫弯起手指敲了一下她的脑壳。

向影低头沉吟了一会儿：

“不过，既然对方是明确冲着主人来的，这次躲掉的话还会有下一次。目前来看，对方好像还没有太大的恶意，我们这边也有亚加德在，谨慎防范的话，应该不会出什么大事吧。而且，如果要主人帮忙升级到九耀的话，那他想要摆脱前一个主人的事是真的也说不定呢。”

“啊？这是什么意思？”

“九耀战器获得的能力是单向契约，也就是说，战器可以单方面不顾人类这方的意愿，解除和缔结契约——当然，前提是后者的意志力大于前者的。”

“所以现在所见的战器，被晋级到八耀等级就被搁置的有很多哦。”素劫在一边冷笑着加了一句。

“原来如此。”

北宸说完之后，小心地看着三个战器：

“那你们不会升到九耀，就丢下我吧？”

“所以说你应该更相信我们一点啦，小泥鳅！”

“主人请放心，除非你赶我走；不，就算你赶我，我也不走！”

“这么怕我们不要你的话，那就要好好地哄我们开心啊，比如一人来一个香吻什么的。”

三个战器立即好笑地抹消了北宸的担忧，这反倒让北宸内心的愧疚更深了一层。

“对不起，我以后再也不随便吃醋了！你们说得对，我怎么可以这么不信任你们呢？放心，吸取这次教训以后，我会全心全意地相信你们是一直在替我着想的！嗯！”

她说着豪气万千地握了握拳头，相比之下，三个战器的表情就很微妙了。

“……呃，那个……主人……”

“你进化歪了吧？小泥鳅……”

“其实我们是很希望你多吃吃醋的啊！”

总之，经过这么一个小插曲后，因为耽误了一些时间，北宸和三个战器走到首都的北出口时，已经是傍晚了。

待到进入首都北部的山脉上的大森林，毒月已经高高地悬在天上。

北宸一行人在森林间穿行，还不时拿出书中的地图对照一下。

在他们身后不远处，有几个黑衣人影隐匿着气息，悄无声息地埋伏在树上，观察着他们的一举一动。

“怎么办……这份地图有点过时了欸，好像和现在的地形不太对得起来……”

“也就是说……主人，我们……”

“迷路了呢。”

“迷路了啊。”

“果然是迷路了。”

话音刚落，埋伏在树上的几人差点掉下来！

搞什么，还以为他们在同一处乱转是在准备什么东西，结果纯粹是迷路了而已啊！

“不管怎么说，再找找吧——呜噗哦！”

“主人！”

“喂……你这个笨蛋，小泥鳅！”

结果，少女一个脚滑，从一处山坡上滚了下去，她身边的长剑为了保护她也跳了下去，紧接着双子钩爪也滑下山坡，跟踪者立即跳下树从山坡上往下看——下面黑黝黝的一大片灌木，月光照不到，山谷间传来阵阵呼啸的风声，貌似也遮住了他们的声音——哪里还找得到他们几个的人影？

跟丢了。

跟踪者的头目在蒙面下抽了下嘴角：

要是回去向主上报告说，这四位是因为自己滚下山而失踪的，自己会不会被痛殴至死啊？

“给我搜！没搜到，别回来见我！”

于是，他只能硬着头皮对自己的部下们下了死令。

夜晚很漫长。

第九章　饮水机的忧郁

“这里是？”

从昏迷中转醒的时候，北宸已经身处一个露天的石制高台，向影和双子钩爪都失去了踪影，四周有着大大小小的石柱，上面刻着北宸看不懂的文字，文字中有若隐若现星星点点的光芒在闪耀着，月亮高悬在头顶，空气清新得有点异常。

“这边，这边……”

从脑海中直接作响的声音，如同温柔的精灵一般，轻声呼唤着北宸。

心里有些发毛，她用心灵沟通频道大喊：

“向影！黑祸！素劫！你们在哪儿？！”

没有人回应。

"怎……怎么回事啊？"

不安感越发地强了，北宸吸了一口气四处张望。

别紧张，别紧张，最开始来到这个世界时的情形，比现在可怕多了。

她这么安慰自己——可是相较于自己的处境，她更担心完全不回自己话的三个战器们。

"向影！黑祸！素劫！没事吧！听到了吗？"

再喊了一次，还是没有人回应。

一种鲜有的无助感从内心深处涌出，她无措地在高台上转了个圈。

"这边，这边……"

呼唤的声音再次响起，而北宸则是用力地摇头，挥去这些声音。

她这才发现自己是多么依赖这三个战器。

行李和食物全部在他们的储物空间内，只是分开了这么一小会儿，内心的焦躁和慌乱已经把她的思绪全数打乱。

明明自己在遇到他们之前，都已经习惯单独一个人生活了，现在却变得像是个无法忍耐孤独的小孩子。

"向影！黑祸！素劫！"

她有些苦涩地念着他们的名字，深吸了几口气之后，让自己冷静下来。

尝试用远距离召唤能力召唤双子钩爪，但是失败了。

看样子只能靠自己了吧。

没什么大不了的，她握了握拳——就算他们不在身边，也要好好地活下来！

然而，就像是在嘲笑北宸的决心似的，高台前方的草丛动了一动。

“谁？是向影吗？还是黑祸和素劫？”

她高兴地向着草丛看去——然后脸上欣喜的表情顿时僵住了，脸色立即发白。

猛虎一般的巨大身形，红色的眼睛，白色的晶体——灾皇！

“不，不是吧！”

就算有把握赤手空拳对付低级的附身月使，但灾皇怎么也说不过去吧！

灾皇的视线，因为她的声音，明确地落到她的身上。

北宸吞着唾沫后退了几步，拼命拿眼角的余光物色保护自己的掩体，但——吼！

灾皇怎么会给眼前的猎物躲避的机会，他兴奋地吼了一声，然后猛地一矮身子，朝北宸扑来！

“呜——”

北宸用力向侧面一扑，躲开了灾皇的一击，那巨大的身体扑到高台之上，几根石柱瞬间被那巨大的身体给撞断，许多细小的石子因为冲力产生的风压四散飞扬起来。

灾皇见一击不中，口中发出咕噜咕噜的声音，调转了身躯再度对上北宸，然后一爪子招呼上来！

北宸憋足一口气，向后猛的一跳躲开攻击——该死，如果这时候手中有向影在的话，可是反击的大好机会啊！

见到猎物再次躲开攻击，灾皇有点不耐烦了，两只前爪外加那巨大的头颅接连不断地对着北宸挥击和横咬，但北宸虽然没有武器进攻，闪避的身手却毫不含糊，几十个来回过去了，灾皇硬是没有碰到她一根头发。

灾皇示威似的咆哮起来，震得附近地动山摇。

而北宸则有些气喘和心焦地全神贯注紧盯对方的行动——她的体力可不能和灾皇比，再这么耗下去就彻底玩完了！

武器——她需要反击的武器！

在躲开灾皇一个聚力前扑的时候，她抓紧灾皇转身的几秒转头四顾——不远处有被他撞碎的石柱残骸，那里面有几块尖石似乎可以用！

她矮着身子跑到石柱堆附近，然后转身看向灾皇。

对上了她的眼神之后，灾皇再度对着她疾冲过来——

“喝！”

发出简短的呼声，她的脚在地面扫出了一个巨大的半圆，大片石柱的碎屑和高台表面积攒多时的尘烟被高高扬起，向着灾皇那巨大的头颅而去！

嗷呜！

灾皇猝不及防，眼睛被砂石和尘烟迷住了。

好机会！

她立即弯身捡起两块已锁定的尖石，以弧线轨迹跑到灾皇的头颅侧面，然后猛地一跳，抓住了他颈部的毛发——下一秒，她同前一次对付灾皇一样，在灾皇的颠簸中，用力地攀爬到他的背部，手中的尖石向下一扎，刺破了灾皇的皮肤，也成了一个奇特的扶手。

好，上了他的背的话，就是成功一半了！

正当北宸这么想的时候，突然视线中出现一道黑影从下而上迎面而来——她反射性地向后一仰身子躲开了，定睛一看，竟然是像骨头一样的尖刺，从灾皇背后冒了出来。

哧！

心中暗叫不好的时候，右肩、右胸和腹部同时传来巨大的疼痛，有什么扎穿了自己的身体——果然是同样的尖刺。

“呜——”

因为疼痛太过剧烈，她忍不住悲鸣起来，就在这时，灾皇却收回了背上的尖骨，再次带起一阵几乎能让她昏厥的剧痛。

再也无力反抗，她软绵绵地从灾皇背后摔了下来。

这回真的完了啊——赤手空拳和这东西打，果然是太勉强了一点。因为疼痛而大脑一片混乱的北宸，只是本能地捂着被穿了个大洞的腹部，目无焦距地看着正低头向自己咬下来的灾皇——

我不甘心!

“北宸!”

就在北宸彻底放弃希望的那一秒,一道耳熟的声音响起,与此同时,灾皇的绝叫和地动山摇的声音同时炸裂,震得周围轰鸣阵阵!

她费力地睁开双眼,只模模糊糊地看到一道蓝紫色的人影挡在她的面前,点点星灵力的光芒狂乱地闪耀着,对面的灾皇已经被一道道星灵炮轰得千疮百孔。

“阿特拉斯——”

努力地从口中欣喜地喊出这个名字之后,北宸再也坚持不住,昏了过去。

来者红色的机械眼扫过了躺在血泊中的少女,然后看向不远处已经奄奄一息的灾皇。

“伤害北宸的东西,连原子也没有必要留下。”

护在北宸身前的人影身形一闪,莹蓝色光芒的长发在月色下划出幽异而诡美的流光,双翼高高竖起,顷刻间化作铺天盖地的光芒箭雨向着灾皇而去,扎进了他的身体中,然后同时爆裂开来!

灾皇的绝叫已经被爆炸声覆盖,而等四周彻底安静下来的时候,高台上已经空无一人。

——无论是被炸成粉尘的灾皇,还是受伤昏迷的北宸。

抑或是从天而降的人形附身月使。

“呜——”

“北宸，你醒了。”

再次醒来的时候，周围的景色变了，似乎是在一个小山洞里。北宸正躺在阿特拉斯的怀中，虽然身上的伤口还是一阵一阵传来剧痛，但显然没有刚才那么疼了。

“阿特拉斯，好久不见。”

她对着正俯身专注地看着自己的附身月使，努力挤出了一个虚弱的微笑。

“还能见到你，我很高兴。”

“北宸，我来迟了十三秒，对不起。”

阿特拉斯依旧面无表情，但尾巴却紧紧地缠在她的左腿上。

“不是你的错啊。我的伤，怎么样了？”

“我替你注射了强化型再生药剂。现在已经脱离了生命危险，但是再生需要生物能量，北宸需要补充体力。”

“嗯。”北宸费力地点点头，“能麻烦你替我找些水来吗？我的喉咙有些疼。”

“水的话，我储存有蒸馏水。现在就需要吗？”

“是的。”

北宸有点纳闷儿地点头——奇怪，阿特拉斯手中并没有任何盛水的容器啊？

“好的。立即提供。”

阿特拉斯的话音一落，北宸就感觉自己的后脑被扣住，然后唇上传来了软软的触感，紧接着，一道冰凉甘甜的的液体顺利地滑入喉咙。

“呜呜？”

她从口中发出了含糊不清的呜咽声。

这……这是什么情况啊？

为什么莫名其妙地就被吻了啊！奶奶，你孙女守节十八年就这么莫名其妙地没了初吻，呜哇啊——！

等等！北宸一边挣扎（当然在阿特拉斯那怪力下完全被忽略）一边脑袋飞快地运转起来——问题不光是这个吧，吻就吻了，可这些被灌进喉咙的水是哪里来的啊？他的身体是饮水机吗？

吻还在持续，灌入喉咙的水越来越多，阿特拉斯本来只是老实地执行饮水机的任务，但随着吻的持续，他那红色的机械眼中，闪过了带着好奇和新鲜的目光，他动了动舌头，小狗一样舔了一下北宸的下唇。

北宸被他的动作吓得全身一绷。

竟然给我得寸进尺！她气不打一处来，伸手狠狠掐了阿特拉斯胸口的肌肉一把！

阿特拉斯总算会意，放开了她，然后还意犹未尽似的，歪着头面无表情地咂了下嘴。

“情感峰值提高，体温上升了一点一度。”

“你！你这个色鬼——呜！”

北宸被他气得牵动了伤口，吓得阿特拉斯的尾巴尖都竖了起来，然后再次一道白光打入了北宸的体内。

“很痛吗？北宸。”

“……我……*&※*&#&%※*￥%￥！”

不知道是生气好还是感谢好，北宸语无伦次地瞪着那张面无表情又略带无辜的脸。

“算了算了。”她无奈地叹了口气，对方似乎根本就不懂这些，别和他计较，还是扯开话题吧。

“阿特拉斯，为什么你……你的水是从哪里变出来的啊？”

“哦，我的胸腔有储水装置，用来收集大气中的水汽来散热用的，请放心，是可饮用的蒸馏水。”

“哦哦……谢谢……你是机器人？”

“不，我是生体兵器，并非无机构成体。”

北宸半懂不懂：“也就是说你也是活物，但结构和人类不一样吧？”

“是的。”

阿特拉斯回答后，看了她十几秒，然后再次咂了下嘴。

“不准亲！我已经不需要喝水了！还有啊，那是散热用的水的话，就好好地给自己留一点啦，不管是机器还是人，过热运转的话是很不好的哦！”

“哦。”

阿特拉斯老实地点了一下头，但不知道为什么，北宸从那平静无波的声音中听出了一点委屈。

“总……总之，嘴唇相碰这种事——”

“是接吻，我知道，数据库里有。”

“知道你还乱来！那是只有互相喜欢的人之间才能做的事啊！”

“北宸不喜欢我？”

问的时候阿特拉斯依旧面瘫着，只不过尾巴轻轻地抖了一下。

北宸被那无辜的眼神看得有点发毛：

“喜欢，但不是那种可以接吻的喜欢啦！我是觉得你很可爱也很可靠——把你当朋友的那种啊！”

“哦。”

看起来更委屈了——北宸再次有了欺负小动物的错觉。

“那个，总之，你其实也只是身为雄性而对这个感到好奇而已，这种事，还是等找到命定对象之后再说吧。”

阿特拉斯对她轻轻歪了一下头。

“我的命定对象就是引导者北宸啊。”

“……”

北宸觉得自己有点词穷了。

“不说这个了，我们现在在哪？”

“坐标 11245.351.10921.1。”

完全没听懂！

“那你能探查出向影他们在哪里吗？”

“好，扫描中……扫描完毕，粗略位置在向东三十五桑玛尔（公里）。”

“三十五桑玛尔这么远？原来是出了沟通范围啊，难怪联络不到。”

北宸思考了一会儿，决定先想办法补充体力养好伤，然后再和阿特拉斯一起出发去和向影、双子他们会合。

“阿特拉斯，能麻烦你为我找些人类的食物吗？”

“可以。”

阿特拉斯点点头，小心地把她放到地上，然后站起身。

因为在原地站了十几秒没动，北宸疑惑地看了他一眼。

“怎么了？”

“北宸。”

“是？”

“接吻不行的话，对你发情可以吗？”

“……”

最后，阿特拉斯一脸不解地被气急败坏的北宸赶出去找食物了，而北宸则是捂着伤口蹲在阿特拉斯给她做的光子屏障中，心乱如麻。

她回想起当时脚滑的情形。

经过那片山坡的时候，从山谷底下黑漆漆的树影里，传来了声音。

听不清具体的内容，但就像是直接在脑海中响起的一般，带着莫名其妙的牵引力。

她就是因为那牵引力而向前探了一步，于是就这么咕噜咕噜地滚下山了。

但是她记得滚下去的时候，向影和双子都在附近，但转醒之后，他们却不见了踪影，甚至阿特拉斯说他们在三十多桑玛尔（公里）以外的地方。

他们会丢下她跑这么远？怎么想都不可能。

那么在跌落那片山谷的途中，到底发生了什么事导致他们分开？

“……”

北宸想了半天还是百思不得其解，而就在这时，那声音又开始了。

“这边，这边……请来这边，赤月巫女大人。”

第十章　来自远古的回声（上）

阿特拉斯离开不到一小时就回来了，回来时候的场面吓得北宸差点把下巴掉在地上。

只见他左手扛着一只体形和他差不多的熊，右手拖着一只断气的鹿的腿，嘴里叼着一只死兔子，尾巴还卷着一只老虎的尾巴，那老虎的巨大尸体，在他走进山洞的时候在地上拖出了一阵尘烟。

“你……你……”

北宸在光子屏障中瞠目结舌。

“阿特拉斯，用不着猎这么多吧？”

阿特拉斯一开口，口中的兔子就掉在地上：

“因为不知道北宸喜欢吃哪种肉，所以就都猎了。”

“可是，这样很浪费吧，我一下子吃不完，那些肉很容易坏掉的——这样这些动物不是死得太冤了？”

“北宸放心，我的储物空间还有一千立方米的剩余空间。”

“哦，那就好。”北宸刚松了一口气，然后猛地回神，“等等，你也有储物空间吗？”

“是的。”

阿特拉斯点了点头，然后将那些尸体在北宸面前一字排开。

“北宸想要吃哪种？”

“呃，鹿吧？”

“好。搜索中，搜索结束。”

大概是从数据库中找到了料理方法，阿特拉斯将其他的尸体收进储物空间，然后拎着鹿尸出去了，而北宸则再度在光子屏障中发起呆来。

从月震之夜那晚见到那只奇怪的巨兽时就有的隐隐不安感，此时再度浮上心头。

战器，附身月使。

从北宸认识这个世界以来，这两种针锋相对的物种，有着明显的代表色。

战器代表着金色，他们有着金色的血液，星脉种也有着金色的眼睛，而附身月使则代表着蓝紫色，血液的颜色、星灵炮的颜色也都是蓝紫色的。

他们立场上说是天敌，但相通之处却不少。

首先，他们都是以星灵力为能源的。

其次，每月都有能力极端起伏的一天。

然后是今天刚得知的——他们都能使用储物空间。

最后是很可怕的一种假设：假如说蓝紫色和金色分别对应着附身月使和战器这两种使用星灵力的生物，而蓝紫色星灵炮的使用者是附身月使的话——

那么，能够使用黄金色星灵炮的，难道是……

北宸想起了那只巨兽的手指断面，然后又想起了他的叫声能煽动战器。

“不……不会吧……应该不是的吧……”

这种假设太可怕了，光是附身月使，这个世界的野蛮程度已经这么高了，要是连战器都有可能会变成那种东西的话，那人类到底要凭借什么存活下去啊？

正当北宸为自己的想象而战栗不已的时候，一阵香味飘进了山洞，让本来就体力不足的北宸立即顾不得乱想，用力吞了口唾沫。

阿特拉斯走了进来，手中端着一个合金制的餐盘，上面摆放着几串香喷喷的肉串，还有几个看上去很可口的小红果子。

“谢谢你，阿特拉斯，辛苦啦！”

她接过餐盘，回了一个感激的微笑，阿特拉斯立即高兴地甩起了尾巴，然后在她身边坐下，专注地看着她。

北宸咬了几口烤肉就被那视线盯得有些不自在：

“阿特拉斯，你不吃吗？”

“能量充足，不需要摄取食物。北宸，你渴吗？”

“就算我渴也不可以再用那种方法给我灌水啦！”

“哦。”

甩着的尾巴立即垂了下来，北宸脑袋顶上滑下几条黑线，只得轻咳几声扯开话题。

“这个餐盘是哪里来的？你储物空间里的吗？”

“是的。这次休整填充能源的时候，从塞连克拉德的基地生活区拿到的。”

“啊！说起这个，”北宸边说边用力地吞下了烤肉，“听向影和黑祸、素劫说，你们去了一趟月亮上？那上面全是奇怪的无人建筑？你还在那上面一个人待了一百多年？”

“是的。”

阿特拉斯面无表情地点点头。

“北宸想去吗？”

“嗯。”北宸低头思考了一会儿，“迟早得去一次，或许去了，能解开很多谜团呢。不过现在还不行，至少得等解决完最近这些大事再说。”

“明白。”

阿特拉斯再次很乖地点了下头。看到他这个样子，北宸心中起了些苦涩的感觉。

自己并不是他真正的引导者，而是因为当时情况紧迫才不得已应承下来，导致捡了这么个大便宜。

其实他完全没有理由和必要对自己这么体贴和忠实，他们之间，除了那个关于引导者的误会，其实一点交集都没有，虽然他口口声声叫北宸“引导者”，但从北宸的角度来讲，因为这个而心安理得地接受他的服务未免有点过分。

——这份体贴，并不是真的属于她的东西啊。

“阿特拉斯，对不起。”

“北宸为什么道歉？”

阿特拉斯奇怪地转头盯着她，红色的眼中闪过了一丝迷茫。

“虽然我个人一点都不讨厌你，但——还记得我和你认识的时候说过的话吗？其实我并不是你的引导者，所以你完全没必要对我这么好。”

“……”

阿特拉斯不做声了，面瘫着紧盯着北宸，不知道在想些什么。

“北宸，要丢弃我吗？”

“咦？不是不是！”

北宸慌忙摇起了手，然后绞尽脑汁回忆当时的情景，找到了另外一种说法。

“那，你当时不是说我不是这一批的，跨批次引导也没问题吗？”

“是。”

“那么，要是有一天，你找到了你这一批的引导者的话，对方会很难过的吧？”

“……”

阿特拉斯想了几秒，竟然罕见地露出了皱眉的表情。

“我只要北宸。”

“啊？”

这下北宸愣住了。

“为什么？我，我可没什么本事哦！说不定你真正的引导者要比我好上几十倍呢！”

阿特拉斯再次皱了皱眉：“我也不知道。只是觉得留在北宸身边很舒服。”

“唉。”

北宸叹了口气，然后又笑起来，拍拍阿特拉斯的肩。

“我可真的不能随随便便接受不属于我的好意，这样吧，如果留在我身边让你觉得开心的话，我倒是很乐意多你一个朋友。但有朝一日你找到真正的引导者的话，想要离开，我也不会阻拦的。”

“我不离开。”

“到时候说不定就不会这么说啦。”

北宸笑着看向缠上手腕的尾巴。

“不过，认识你之后你帮了我这么多。这次还救了我一条命，我真的很感激——有什么我能为你做的吗？”

不知道是不是错觉，阿特拉斯那对红色的机械眼在一瞬间，闪过了有些兴奋的光芒。

“那，发情。”

“那个绝对不行！”

“……”

“说……说个其他的吧，除了接吻和发情之外的！”

“其他的都可以吗？”阿特拉斯歪着头想了一会儿，然后认真地点了点头，“那北宸能在望月之日的晚上陪着我吗？”

“望月之日的晚上啊，你是说星灾之夜啊。那天晚上——可以是可以，其实我也很担心你在那一天的情况呢，你不会发狂把我杀掉吧？”

“不会。”阿特拉斯用力摇摇头，“但是，很不舒服，所以想要北宸陪着。”

“嗯，没问题，小事而已！”

见北宸答应得这么爽快，阿特拉斯那永远不见笑纹的嘴角也极不易察觉地勾了一下。

就这样，在阿特拉斯的帮助下，北宸的身体以剽悍的速度再生着，在山洞才过了一夜，那几个被穿了大孔的伤口已经复原得差不多了，胸口和腹部都长出了嫩红的新肉，虽然摸上去还有点儿疼，但已经不影响自由活动了。

当然，代价是她吃掉了整整一头鹿来补充消耗掉的能量。

伤势是好了，现在的问题就是怎么和自家三个战器会合了。

“阿特拉斯，我们能出发了吗？我想要去找向影和双子钩爪。”

“好的，搜索中，搜索完毕。他们在向东三十二桑玛尔处。”

靠近了三桑玛尔？

看样子他们已经掌握了自己的位置了——也是，他们有地图——那么为什么他们会准确地向着自己的方向过来呢？

“等等，遗迹。”

她喃喃起来。

会不会是，他们其实并不知道自己的位置，而是直觉觉得他们的分散会和遗迹有关，所以决定去遗迹碰一下运气，而遗迹就在她所处的位置附近？

越想越觉得可能，当时她就是听到那奇怪的声音才会滚落山坡的啊。

说不定真的是遗迹在搞鬼呢？

“阿特拉斯！能搜索到附近有什么古代建筑吗？”

“好，搜索中，搜索完毕。向东一桑玛尔处确实有地下建筑，北宸，要去看看吗？”

“去，应该能在那边和大家会合，而且那个遗迹这么古怪，说不定真的能找到我想知道的东西！只不过……”

北宸迟疑了一下，看着阿特拉斯——这些事，和他是无关的啊。

他虽说是附身月使，但思考问题单纯又耿直，对自己又是无条件地体贴和服从，真的要让他莫名其妙地被卷进来吗？

“北宸？”

阿特拉斯疑惑地拿尾巴摇摇她的手。

“唉，我现在没有护身的战器，只有拜托你暂时保护我了。”

“嗯。”

“不过，还是等和战器们会合后再进遗迹吧，你就在外面等着，我不希望你遭受危险，你是无辜的。”

“不要。”

阿特拉斯少见地表示了反对。

“欸，但是……”

“我很强。我的能力是向影、黑祸、素劫三人能力值相加的九点二七倍。”

“……”北宸抽了一下嘴角，“我知道你很强，但是……”

“我也要去。我再也不发情了。”

见北宸面露犹豫，阿特拉斯加快了语速这么说道。

“呃，我也没说不准你发情了吧，那也太残酷了……”北宸小声吐了句槽，然后安抚地拍了拍阿特拉斯的肩膀。

“如果你一定坚持要跟我进遗迹，说不定会有很多麻烦的哦？”

“是指会有很多代办指令吗？”

阿特拉斯反倒因为这个兴奋起来了，尾巴松开了北宸的手快速地摇晃起来，看得北宸更是哭笑不得——对哦，他好像很期待自己有任务可以做。

“呃，可能吧……或许和你真正的使命有差别……”

“我的使命就是完成指令，没问题。”

“……”

最后北宸只得无奈地叹了口气，思考了一小会儿，然后突然想通了什么似的，释然地向眼前的人形附身月使笑了起来。

“总之，先走吧，阿特拉斯，向遗迹的方向出发咯！”

“是！”

脑海间再次传来“这边、这边”的奇妙低语，一个人的时候，还因为这声音而感到毛骨悚然，但现在身边有个这么强大的附身月使，她突然觉得没什么好怕的了，于是放松了情绪，坦然地随着那声音的诱导，和阿特拉斯一起离开山洞，朝某个方向走去。

半小时后，他们回到当时北宸单独迎击灾皇的那个宽阔的石头高台，而脑海中的声音也越来越清晰了。

想来北宸和三个战器分开来到这里，确实是遗迹搞的鬼啊。

“北宸，这里正下方——谁？”

阿特拉斯说了一半，突然将声音降低了八度，猛地向某个方向看去。

而前方的树丛间传出了一道轻笑声，紧接着有人分开树丛从里面走了出来。

北宸吸了一口气：这张脸太过让人印象深刻，想忘都忘不了！但最重要的问题是，这张脸怎么会出现在这里？

“没想到这么快就见面了呢，更没想到——你所说的办事就是这个呢。”

“长鞭笑罂！”北宸低吼了一声，“你怎么会在这里？你还是跟踪我了吗？”

笑罂却满不在乎地踱步到两人跟前，望着高台的方向：

“这句话是该我问你的，这个遗迹，可是和赤月巫女无关的人无法靠近的区域呢——你还有这个——哦？人形附身月使？”

他愣愣地看向阿特拉斯，紧接着露出了有些妖艳的绝美笑容。

“看样子我不该问你们为什么会进来，能和附身月使这么友好地站在一起的人，能简单到哪里去呢？”

“……”北宸咬咬牙，“那就是说，你和赤月巫女有关？”

“当然。”笑罌毫不避讳地点了下头，“我可是‘弑月十三座’其中一人的直属部下，也算是个不小的干部呢。”

他说着对北宸举起手中的东西晃了一下——是一个疑似怀表的金属质地的东西。

“这里面装着前代赤月巫女遗体的一部分哦，拿着这个，遗迹就不会抗拒我了。”

北宸闻言心里一惊。

作为陌生人，他说得太多了。

而对一个陌生人愿意和盘托出的话，不是打算将他收为己用，就是要杀人灭口了吧？

她缓缓地后退几步，而一边的阿特拉斯察觉到了她的杀气，也盯着笑罌绷紧了身躯。

“别紧张。”

笑罌对她温柔地笑了起来——就算知道他的真性情，但这张脸的杀伤力还是足够杀得她失神。

“我可没有追究你怎么进来的意思，这个附身月使的存在我也可以不在意，我只有一个问题，你是站在世界这边的秘密探索者，还是站在赤月巫女这边的狂信者？”

“当然是前者！”

北宸毫不犹豫地回答了，只不过心里加上了一句：我是赤月巫女本人啦。

“那就没问题了。”

笑罂再次勾魂地一抿唇。

“有没有兴趣加入‘弑月十三座’？其中一座恰好去年死了，位置空缺着呢。”

“啊？”

第十一章　来自远古的回声（中）

面对笑罂勾魂的笑容，北宸则是歪着嘴愣住了。

——加入弑月十三座？

笑罂只是笑着，却不急着继续往下说，耐心等待北宸的回神。

北宸看了一边面无表情的阿特拉斯一眼，有点头疼地揉了一下眉心：

“那个……我都昏头了。到底是怎么回事？之前大街上的那一出戏，也是因为这个才演给我们看的吗？”

“不。”

笑罂伸出手指摇了摇，意味深长地对北宸眨了眨眼。

“之前奉上面的命令接近你，是因为你是图零部落的新秀，有拉拢和利用的价值。但没想到你会和我们接触的世界靠得这么近呢。”

北宸却没这么容易接受他的说法：“如果说要拉拢图零部落的人的话，把目标对准格伦佘不是更好吗？”

“哦，他啊，他没有拉拢的必要。”

笑罂轻描淡写地说着，北宸闻言细想了一下：也是，狂犬格伦佘这样的存在，应该不太可能为哪个组织所用吧。

“你们，是从什么时候注意到我的？”

“嗯。”笑罂歪着头思考了一下，“这就得问我的主上咯。不过若换成我是观察者，你的走路姿势和周围的气场也能让我很快注意到吧，外加你戴着这个显眼的头盔。”

“欸？”

原来本意是想要遮掩面容，但这头盔反倒让自己显眼起来了？

“还有什么想要问的吗？”

笑罂依旧沉稳地笑着，大有知无不言的样子。

“想问的太多了啊，你们究竟是怎么样的组织，为什么要研究这些遗迹？还有为什么这么轻易就邀请我加入？你们又是怎么拿到前任赤月巫女的遗体的？

“还有你，既然你也承认之前和我的相遇是场骗局，那你的契约者到底是怎么回事？你真的有契约者束缚住吗？如果有的话，为什么会不和搭档一起行动，孤身来这种地方？”

“还真是问得不客气啊。”笑罂说着，眼中闪过一道精光，看得北宸本能地一哆嗦。

“我们是什么样的组织，你要有兴趣加入自然会了解，现在的话，只要知道我们是和赤月巫女作对的一群人就行了。”

“……和赤月巫女作对……吗？”

“是的，组织的规定是，若在这种古代遗迹周边遇到同样准备调查遗迹的人的话，只要对方的立场不是站在赤月巫女这边，就尽可能地邀请加入。”

北宸神色复杂地皱皱眉。

“那你怎么就能确定我方才说的是真的呢？万一我是想要复活赤月巫女的异端教徒什么呢？你看，我身边还跟着一个附身月使哦。”

“呵呵，看样子你还不了解‘魅灵附加’这一特殊属性的战器是什么样的存在呢。”

笑罂突然对她一眯双眼，嘴角危险地轻轻一勾。

“蛇蝎美人”——北宸脑海里瞬间蹦出了这样几个字。

“我们可是天生的交际达人，永远可以最准确地看透他人的心思，换句话说，察言观色的能力可是很强的，对方有没有说谎，说某些话的时候是否真心，魅灵会告诉我们真相。我看错你两次，再看错可就没脸见人了。”

“也就是说你可以判定我没有说谎？”

美男子长鞭微笑着点了点头。

“组织最大的特点就是包容和自由。除了要在共命灵晶上滴一点血表示你的存活状况、紧急集会必须参加、每三个月提交一次活动报告之外，没有什么硬性规定，而且你遇到困难的话，还可以获得组织内其他成员的协助。”

说到最后，他的笑容越来越像是步步逼近、吐着信子的巨蟒——颜色艳丽但危险无比。

“原则上，只要与‘时代破坏者’赤月巫女的立场对立，别说是人形附身月使，就算是赤月巫女本人我们也欢迎哦——啊，倒不如说是相当欢迎呢。”

北宸想要用力克制住自己的震惊，但还是道行不够没能忍住，缓缓地吸了一口气——而看见她这样的表情，一边默不作声的阿特拉斯有点担心地拿尾巴卷住她的手，而笑罂则一脸得逞的笑容。

“好了，接下来我来回答你最后一个问题。”

不顾北宸心如乱麻，笑罂继续用不愠不火的声音开口。

“我在大街上设局和你相识，那是奉命，但是孤身一人前往这个遗迹，然后遇到你，却是凑巧。我特意离开了契约者的召唤范围调查此处，自然是想瞒着我的主上和契约者，先一步在这遗迹里找些东西。”

“——找些东西？”

“什么都可以，只要是有价值的东西——能让我的话有分量的东西就行。”

北宸闻言，呆了半晌，然后又低头思考了几分钟，最后突然抬头看向他：

“你想要晋升到九耀然后脱离契约的束缚……是真的？你在做和你主上反目的准备？”

笑罂嘴角的笑容更大了。

“看样子不枉我对你说这么多，你果然还是有些脑子的。”

“——那你又为什么要建议我加入那个什么‘弑月十三座’？那是你主上所在的组织不是吗？”

“正因为他是组织成员，所以对同组织的人出手也会比较麻烦吧？我既然打算走人，自然要提前找到能抗衡的后台。”

北宸突然有点哭笑不得：

“不要告诉我，你选中的‘能抗衡的后台’就是我啊！”

笑罂撇嘴翻了个白眼：

“不然你以为我这么老实的对你和盘托出是为了什么？”

“可我只是个实力平平的普通人！”

“你自身的战斗力倒确实不怎么样，但你身边跟着很了不得的人没错吧？

“先不说罪大恶极的大贪官达里姆会老实巴交地跟在你身边；狂犬

格伦佘暗地里关照过你，甚至宣布你是他失散多年的莫须有的妹妹；那个心高气傲的‘寒炎魔女’也会来找你搭讪；现在，连在百姓们心目中和噩梦画上等号的人形附身月使都能友好地站在你身边。我可以不信你，但我不会不信我自己的眼光。”

“……呃。”

北宸抽了抽嘴角：原来自己的事，早就落入别人的眼中了啊。

“更何况，”笑罂用优雅的动作捋了一下那黑色丝缎般的长发，“你觉得是狮子、老虎强，还是能安然无恙地存活在狮子、老虎堆里，甚至能将他们集结起来的鹿强？”

“……”

因为笑罂的话太具有冲击力，北宸愣在了原地，不知道如何回话。

“小巫女，你可能比你想象得要厉害很多哦，但如果你不把自己的优势彻底发挥的话，也只不过是一个中上程度的庸碌武者罢了，我看着着实可惜啊——怎么样？有没有兴趣为自己的势力添一个军师？”

笑罂说完之后，便带着充满信心的笑容看着北宸，等待她的回答。

“等等。”

思考半天，但因为问题太多，北宸的脑袋还有些转不过来。

“太突然了，我得好好想想——话说，如果我不答应的话，你会怎么做？”

“不怎么做，既不会杀你灭口也不会追究报复，”笑罂说着，再次露出了带毒的温柔微笑，“不过，大概会一时好玩，把你就是赤月巫女的事添油加醋地散布到首都去吧，刚好之前那只奇怪的巨兽也可以有合理的解释了呢。”

“你！”

面对北宸一下子变白的脸，笑罂轻笑着摆摆手。

“开玩笑的，别露出这么可怕的表情啦。”

……这种话哪里像是开玩笑啊！

“北宸，杀了他？”

见北宸大惊失色，阿特拉斯在一边低声开口了，而笑罂倒是没有因为他说话的内容露出半点不安的神色，反倒是对北宸充满兴味地挑了下眉。

“北宸？原来娅修·图零不是你真正的名字啊。念起来倒像是悠禹这边的读音呢，那看样子这头金发也是假的咯？”

“……呜！”

北宸再次被气得牙痒痒：这家伙没事耳朵这么尖是做什么啊！

“好了好了。”

笑罂收敛了调笑的神色，换上了比较严肃的表情。

“我的提议是认真的，但即使你不答应，我不到万不得已也不会轻易把你的事抖出去，我还不想和那个没心没肺的达里姆作对。况且，情报是我的武器，我自然会把它们用在最该用的地方。”

他说着，走到高台的石壁边，沿着墙壁走了一圈，然后又回到了原地，视线落在一块雕着奇异花纹的石头上，然后低头，将手中疑似怀表的东西对上了那花纹中心的一颗小小的宝石。

轰隆轰隆——

巨大的高台的石壁慢慢地分开了，一条长长的石质台阶延伸着通往地下的黑暗。

“我进去了，你们慢慢考虑吧。”

说着，他拿出一块照明灵晶，然后头也不回地走进那个通往地下的通道。

“啊——等等！阿特拉斯，追！”

里面说不定有重要的情报，可不能在此之前被笑罌拿走了！

这么想着，北宸也顾不得安全问题了，径直拉着阿特拉斯也冲了下去。

见北宸追了上来，前头没走几步的笑罌干脆停下来等他们赶上。

“不等自家战器来就追上来，真的好吗？他们因为这个遗迹和你失散了吧。”

“……”

“罢了，”笑罌轻笑一声，“那就暂且别管那些复杂的事，先暂时合作，好好调查这个遗迹吧。”

“嗯，好。”

虽然碰到他之后，不知道怎么的，事情的发展似乎就被他牵着鼻子走——这让北宸有点不甘心，但眼下确实是合作比较好。

笑罂反倒因为她的配合，诧异地看了她一眼：

“我说，你就没想过杀我灭口吗？你身边这家伙实力远在我之上哦？”

北宸愣了一愣，随即摇摇头。

“不是没想过，而是想过，放弃了。”

“为什么？”

“很可惜啊，你确实很聪明，外加是个绝世美人。”

笑罂的表情首次出现了轻微的崩裂——前面那个理由他倒是很受用，后面那个算什么啊！

就在笑罂抽嘴角的时候，一边的阿特拉斯冷不防开口了。

“北宸，北宸。”

他边说边邀功似的拿尾巴摇摇北宸的手。

“搜索到了。”

“欸？阿特拉斯，你搜索到什么了？”

“他，”他指指笑罂转过来的侧脸，然后用力点点头，大义凛然地开口，“狐狸精。”

“……”

长长的石质走道突然安静下来。

北宸一头黑线，笑罌微笑的脸上迸出了青筋，而阿特拉斯依旧理直气壮外加面瘫地看着两人。

“那个，狐狸精是形容女性的吧？”

北宸心虚地看了一眼笑罌发黑的脸，小心地解释了一句。

阿特拉斯歪了一下头：

“重新搜索完毕，‘苏妲己’。”

“那不还是狐狸精吗？”

“那，苏妲己先生。”

“不是加了一个称呼她就能变成男人的！”

“人妖。”

“哇！这个词千万不要乱说啊！真的惹火他，我们就惨了！”

“伪娘？花木兰？”

“不对啦！前面那个还有点道理，但花木兰——花木兰这完全倒过来了吧？”

“面首。”

“你，你数据库的搜索引擎的逻辑到底是怎样的啊？！”

“闺蜜。”

“这个已经完全意义不明了！”

笑罌的脸色越来越黑，直到最后他啪的一声捏爆了手中的照明灵晶，走道的光线瞬间暗下来一半。

而就在这昏暗的光照中，有着倾城容颜的美人，对着北宸露出了——阴冷鬼魅、狠毒绝艳的微笑。然后他眼波流转、朱唇轻启，从口中迸出了一句话：

“闺——你——大——爷——蜜。”

第十二章　来自远古的回声（下）

自从笑罂暴怒地顶着那张绝世美人脸说了一堆粗话之后，北宸被吓蒙了，使劲提醒阿特拉斯别再刺激他，于是三人这才得以继续向前走。

地下走道很长，但是行进途中，周围的墙壁和地面的材质已经变了好几次，从一开始粗糙的石壁，变成了疑似小砖块砌成的墙壁，质地越来越好，到了最后竟然是光滑平整得骇人、简直像是现代的大理石砖。

当然，越往里走，北宸越觉得呼吸困难——好像有些缺氧了。

她看看一旁阿特拉斯的神色，再看看笑罂的表情。

“呃，你们没有觉得不舒服吗？我好像有些缺氧。”

笑罂转过头："缺氧？那是什么？我倒是好好的，没什么不舒服的地方。"

"嗯，简而言之，就是维持人类生命的气体吧。阿特拉斯，你呢？"

阿特拉斯则是轻微地偏了一下头：

"我可以主动提取和置换代替氧气的能源，没问题，北宸呼吸不畅吗？"

北宸警觉地后退一步，生怕他又亲了上来。

"嗯，稍微有点儿，不过不碍事，现在空气和外界流通了，说不定过一会儿就会好的。"

"北宸拿着这个含在嘴里。"

阿特拉斯手中出现了一粒白色的小药丸。

"这是压缩碳素剂，持续时效是三小时，柠檬口味的。"

为什么还会有口味啊？

北宸囧了一下，然后把药丸接过塞进了嘴里。

"又帮了我一个大忙，谢谢，阿特拉斯。三小时，应该够用了！"

受到夸奖，阿特拉斯立即兴奋地甩起了尾巴，看得一边的笑罂面部神经不由自主地一抽。

"你倒很相信他，附身月使给的东西可以随便吃吗？"

笑罂轻笑着询问，北宸则是对此毫不在意地笑了一下。

"他要害我还需要拿这小药丸吗，直接一个星灵炮过来我就被炸成肉块了。”

“不会的！”

没想到笑罂还没说什么，阿特拉斯就着急得连尾巴都竖了起来：

“我不会攻击北宸，北宸不是肉块！”

“呃……我是说假设……假设啦。”

北宸抽着嘴角摸摸他卷到她手腕上的尾巴，瞬间就把他给安抚了下来，笑罂站在一边兴味盎然地看着他们的互动，然后再次轻笑。

“既然感情很好的话，这个家伙你可得好好藏起来呢，小巫女。”

“咦？”

“先不说他的战斗力，就说他还能拿出奇怪的东西来，思考问题也很简单直白，你不觉得这家伙好使唤过头了吗？很容易引人觊觎的哦。”

北宸闻言神色立即严肃了起来。

确实，等回去城镇之后，千万要让阿特拉斯的伪装万无一失才行。

随后，一路无话，几人终于走到了地下走道的尽头，对上一道门。

门的正中有一块蓝色的晶体，笑罂再次把手中的挂坠对上它，但蓝色的晶体只是亮了一秒钟，就好像能源不足似的又暗了下去。

“嗯，看样子不行了。”

笑罂说着转头拉起了北宸的手腕。

“那就用这个新任的本尊试试看吧。”

还没等北宸回神，笑罂已经把北宸的手放在那块晶体上。

轰——

一阵来自门背后的闷响传来，整个遗迹轻微地震动了一下，就连脚底的地面都传来了阵阵的抖动。

就好像随着北宸这一放，整个遗迹瞬间活过来了一样。

门发出了嘶嘶的声音，就分成了几部分，向着上下左右分别缩了进去，映入眼帘的是一个白色的大广间。

“嘿，还真的是赤月巫女啊。”

笑罂看了一眼门内之后，眯起眼睛将视线调回北宸身上。

“你，你不是早就猜出来了吗？”

“嗯，一开始看到你出现在遗迹附近，猜想到有三成的可能性，说了你是巫女之后看你的表情，可能性变成了六成，现在则是十成了。”

“……”

北宸无话可说，只能恨瞪了他一眼，结果这一眼没让他发怒，反倒使他心情愉快地大笑起来。

“你太嫩了，小巫女。”

说罢，也不管北宸在他背后又是捶胸顿足又是气急败坏张牙舞爪甚至是竖中指，就风姿万千地踏着优雅的步子往里走了。

是不是真的杀人灭口比较好啊——北宸一边怒斥自己没用，一边气得牙痒又心头冒火，一边把脑海里冒出来的可怕念头压了下去。

说真的，这家伙确实太可怕了，如果他不是站在自己这边，为了活下来和去除一些可怕的变量，确实是杀了他比较靠谱。

毕竟，现在她这条命不是她自己的。

她的安危，关系到向影和双子，关系到鲁伊和亚加德，甚至是这个世界的安危，或者是整个时代的变迁。

她甚至考虑过那个赤月巫女什么的，其实是等她死亡后，另一个人格占据了她的身体后产生的奇怪东西——毕竟以她的意愿来说，绝对不可能去做破坏一整个时代的事。

所以，她不能死。

这也就意味着，所有对她有威胁的东西都应该心狠手辣地去除。

但是，这并不代表仅仅因此就能随随便便地践踏一条生命。

她虽然怕死，也有私心，甚至起了这样保全自己的恶念，但还是会将其压抑下去。

心狠手辣，说得好听，但她能只因为未来会发生的某一种“可能性”，就将一个人埋葬掉？

杀人真的有这么简单？以这种理由杀人，真的能杀得问心无愧吗？

不行啊，向北宸，你以为这是黑化卡通还是宫斗电视剧，真的动手的话，这个人就彻底回不来、彻底烟消云散了啊！

她不是那些宫廷斗争中的官僚嫔妃，所以，她不想用那种晦暗和自虐的方法来解决问题。

堵根本不是解决方式。

自己是赤月巫女的事，知道的人，迟早会越来越多，那么难道说，所有不站在她这边的知情者，她都要一个一个干掉？

——那她和“赤月巫女”这个灾厄之母有什么区别？

不，那比赤月巫女本身更叫人作呕了吧，巫女好歹还是无心无肺一碗水端平，而那样的她，只不过是为了保护自己而随意屠戮的臆病小人而已。

就算自己头上冠着这个莫名其妙又重如千钧的头衔，也不代表她真的就比谁要贵重多少。

在死神面前，一切生命的重量，都是均等的。

“……”

看着笑罂的背影，她摇摇头，然后又点点头。

是的，我向北宸，不是这样的人，也没兴趣做这样的人。我该走的道路，早就已经决定好了。

就算在一年多以前，在最绝望的时刻，我还是将自己的原则和骄傲找了回来。

敌人，当然要毫不犹豫地杀掉。

但是在此之前，努力把即将成为敌人的人，引导成站在自己这边的人——这一步，也绝对不能少。

想通了之后，她回给了一旁正疑惑地看着她的阿特拉斯一个微笑，然后大大地吐了一口浊气，追上了前方的笑罂。

笑罂转过头来，盯着她的双眼看了几秒。

“你想通了？还是决定不杀我？”

“咦？啊——”

这家伙有读心术吗？怎么什么都被他猜出来了！

“你刚才放出了很可观的杀气呢，现在的气息倒是很平稳了。”

“嗯，还是算了，毕竟是一个娇滴滴的大美人嘛。”

笑罂额头的青筋一跳：

“如果我是你的话，我绝对会把眼前这个不安定的祸害给连根拔掉的。”

“可你毕竟不是我。而且你是在挑衅我吧，这些你明明可以不告诉我，直接拿着这些情报去做好些事才对。你怎么了？想找个人杀自己吗？”

“哈哈。看样子我果然没看错人。”

笑罂嘴角的笑容温和了起来，俯下身子将脑袋靠近北宸的脸。

“冲着你这个不杀之恩，你可以相信我一次，我不会乱说的。”

“嗯。”

北宸轻轻点了点头，然后总算是可以放下这个重要的心结去观察四周了。

一个四壁由白色大理石砖砌成的、光溜溜的大广间。

广间空空如也，除了地面上似乎呈奇怪排列分布的短小低矮的柱子外，没有任何其他东西，连装饰性的花纹都不见一道。

“这边，这边。”

声音又响了起来，北宸这回反倒有些感谢这声音的引导了，她顺着大脑给出的指示，走到了那些矮小柱子中的其中一个跟前，把手放在上面镶着的蓝色晶体上。

轰——

又是一阵轰鸣，柱子发出了不小的摩擦声，有点磕磕绊绊地升了起来，一直撞到了大厅的穹顶后，发出了巨响，卡在了穹顶那些大小刚好的凹槽上。

然后一阵光子震动的嗡嗡声，柱子和柱子之间，突然一个一个像张网似的闪现出了许多大大小小的光子荧幕。

“这……这是……”

不光是北宸，连似乎对遗迹调查过很多次的笑罂都露出了震惊的神色。

看样子拿着巫女的遗体，和巫女本身亲临所能得到的结果还是不一样的啊。

“这些是文字吗？”

笑罂走到其中一个最大的荧幕抬头看着——上面滚动显示着密密麻麻的符号，但似乎不是费因海姆的通用文字，北宸也看不懂。

“不清楚，好像是。”

为了看得清楚一些，她凑近了几步，立刻，脑海中的声音再次响了起来，像是在朗读荧幕上的文字。

“欢迎使用拉提亚地区避难基地终端处理器离线模式，您的登录方式为系统管理员——‘赤月巫女’。”

北宸愣了一下，但由于那些声音的解读和在费因海姆使用计算机有许多相通的部分，所以她也没有太过惊讶，只是目光接着扫过了荧幕中那几行显眼的大字。

目光扫过一行，声音便解说一行，体贴得很——直接用脑波进行操作的系统，真够先进的啊。

“‘化形兵器’研究记录。”

“工作人员日常记录。”

“赤月巫女个人空间。”

看样子第一个和第三个都很重要的样子，‘化形兵器’……怎么看都和战器有点关联啊。

北宸把目标对准第一行字，马上，新跳出了一个小荧幕，里面展开了一大片字，但北宸还没来得及开口，笑罂在一旁拍了一下她的肩膀。

“你能看懂那些字？”

北宸老实地摇摇头。

“看不懂，但是脑海中有声音自动解说。”

“嘿，你倒是挺诚实的。”

“你以为我想告诉你啊，反正之后你肯定又会轻易地几句话套出来，倒不如现在省心点，直接和你说呢。”

北宸心不在焉地翻了个白眼，笑罂再度愣了一下，然后抿唇灿烂地笑起来——因为杀伤力太大，北宸立即闹了个脸红心脏乱跳，用力咳了一声后移开了视线。

“狐狸精。”

阿特拉斯在一边用平静的声音说了一句，笑罂立即表情冻结，狠狠地瞪了过去——可是还没来得及开口，阿特拉斯已经凑到北宸旁边，认真地盯着北宸。

“我也要当狐狸精。”

说着他硬是控制面部肌肉，使劲把自己的嘴角提了起来——那表情简直像是一尊蜡像突然活过来一样怪异。

北宸哭笑不得地拍拍阿特拉斯的尾巴。

“阿特拉斯不笑也很帅啦，没必要去学别人。”

阿特拉斯的脸立即刷地一下把嘴角放了下来，然后很高兴地拿尾巴缠着北宸的手，跟着她一起抬头继续看上面的文字。

“阿特拉斯，能看懂吗？”

“可以。”

笑罂闻言，脸上充满兴味的表情更浓了，知道自己暂时不可能得知上面的情报，他干脆放松地在大厅中踱步起来东瞧西看——虽然其实也没什么好看的。

北宸则是把注意力放回那个新开的小荧幕上。

脑海中的解说继续响了起来。

化形兵器研究记录 -12

新品种已经投入试用，经过实战测试，反应良好，但有试用者反应兵器的人工 AI 不够灵活，Dr. 阿斯特洛伊德提出下一版本更换新品种的逻辑处理中枢，以便它们的人格更靠近人类，而 Dr. 席特维尔则认为人格的产生会让它们变得不再纯粹，虽然使用的便利性会增加，但也会让它们变得难以驾驭，甚至是产生逆主的可能性。

"……"

北宸边听解说，边暗暗吃惊。

看这口气，化形兵器这种东西，是人类在研究和改良？

但奇怪，如果说战器和化形兵器有所关联的话，那战器怎么可能是生物呢？星灵矿又要怎么解释？

完全想不出头绪，总之先继续看吧。

化形兵器研究记录 -13

总部最终决定采用 Dr. 阿斯特洛伊德的提案。

拉提亚分部新产生的批次已经全数换上了新研制的逻辑处理中枢，杀敌效果确实比前一批次强了百分之一百四十，但确实如同 Dr. 席特维尔所说，有了清晰的类人人格之后，不少化形兵器开始产生了欲望，甚至对使用者提出了各种各样的要求。

此问题已经向总部提交，本支部的Dr.李提出了制约方式的构思，已经上传至数据库后台。

化形兵器研究记录-14

■■■■■■■■■■■■

■■■■

■■■■■■■■■■

■■■■■■■■■■■■■

可能因为时代久远，资料也有损毁吧，有一段资料变成了乱码，跟着解说的声音也变成奇怪的疑似卡带的噪音，北宸慌忙将视线向下移去。

化形兵器研究记录-18

支部战斗成员和新批次化形兵器在本次星灾中伤亡惨重，可以提交的数据十分稀少也无参考性，但可以明确看出，有了契约限制的化形兵器的服从度比前几批次要高出许多，Dr.李的方案已正式提上日程。

化形兵器研究记录-19

居民区遭遇大规模袭击，终端处理器也受到攻击，数据损毁了百分之二十九，数据上传系统修复中。

化形兵器研究记录 -20

资料备份上传完毕，基地迁徙准备中，拉提亚基地即将废弃，其余研究资料，请前往总部赤之塔查看。

荧幕上的字，到此为止就结束了。

而北宸也根据上面的叙述推测出了一些蛛丝马迹。

有人在这个基地里研究名为“化形兵器”的东西，并将它们用于战斗，赋予了它们人格，但又害怕产生人格的兵器逆主，于是加上了似乎是能限制它们的契约。

——怎么越看越像是战器。

正思考着，一旁的笑罂已经走回了她的身边。

“喂，小巫女，”他收起了那高深莫测的微笑，表情严肃地看了她身边的阿特拉斯一眼，“你看东西归看东西，最好离这附身月使先生远一点。”

“欸？为什么？”

北宸奇怪地转头询问，而阿特拉斯的机械眼中也露出了一闪而过的不快。

然而很快，在阿特拉斯将视线放到北宸身上之后，他的不快消失了，取而代之的是他猛地一缩瞳孔，然后放开了缠着北宸的尾巴。

“呃，到底是怎么了？”

北宸被他们的反应弄得有些发毛，然后左右四顾一圈再看看自己——没事啊？

笑罂没有回答，只是拉起她的手，让她摸上了自己的脖子。

“……这……”

北宸忍不住惊叫起来。

——她好像摸到了小小一块硬物。脖子上怎么会长硬物？不相信地再认真摸了摸，确实，虽然不大，但确实是硬邦邦的一块东西，嵌在了皮肤里。

“这是什么？”

由于看不见自己的脖子，她带着几分惊恐看向了眼前的阿特拉斯和笑罂。

“是蓝紫色的晶体。”笑罂表情凝重地看着她的脖子，而阿特拉斯则默不作声，尾巴绷得笔直，尖端还紧张地翘了起来。

“你大概得慢性月毒症了，小巫女。”

——《灵武司兵器簿 4　远古遗迹·回声》 完

后　记

本卷出场了不少新人物呢，故事舞台也开始渐渐转移到武斗大会上了，武斗大会篇是我很喜欢的一个部分，内容也不会是循规蹈矩地打擂台，其间会发生很多比较有趣的事，如果有人期待就好了。

说起新人物的话，狂犬格伦佘、铃迪尔还有那个面具男在之后的故事中都十分重要，尤其是格伦佘，他可是我最喜欢的角色之一哦！

本卷的封底就有很大的他的特写，虽说画得不好，但是描绘他服装上的异族花纹和图腾的时候，心情非常愉快呢，金发加上深色的皮肤，也给人一种贴近自然又带着野性的感觉，真希望有人会和我一起喜欢他啊。

美貌的笑罂则是上了封面——不过说老实话，其实我曾经打算过在笑罂的脸部打上马赛克，然后写一句注解“因为此人的样貌已经超出了作者所能描绘的水平极限，故模糊处理”。

……不过要是真的这么做的话，我会被群殴的吧。所以最终也只有硬着头皮画了，但是请各位相信我，其实笑罂比我画出来的要漂亮一百倍！至于怎么漂亮，大家可以自行想象，总之是绝世美人就对了！

再来说说剧情吧。

本卷开始，北宸总算是开窍一点儿，开始会吃醋了，和几位男主的感情总算是有一点儿发展了，也因为此，之后的局面会更混乱的吧。

新人物笑罂也不是个简单的人物——但是也不会太复杂。可以说，他是非常重要的一个角色，因为他的出现，大大地改变了北宸未来道路的走向，他为她开辟了一条之前她想都不敢去想的道路，娇弱美人的外表下，是一颗霸气爷们儿的心，我果然还是喜欢这样的反差感啊。

另外，小尾巴在本卷后期的戏份不知各位觉得满意吗？连笑罂都会被他气到，也能证明其实小尾巴才是最可怕的一位吧？……嗯。

咳，不知不觉又到了该说再见的时候了呢。

还是再一次感谢各位辛劳的编辑们，我们下一卷再见！